与岁月慢慢商量

许冬林 著

金城出版社
GOLD WALL PRESS
·北京·

图书在版编目（CIP）数据

与岁月慢慢商量/许冬林著. —北京：金城出版社有限公司，2023.7
ISBN 978-7-5155-2125-1

Ⅰ.①与… Ⅱ.①许… Ⅲ.①散文集－中国－当代
Ⅳ.①I267

中国版本图书馆CIP数据核字（2020）第246990号

与岁月慢慢商量
YU SUIYUE MANMAN SHANGLIANG

作　　者　许冬林
责任编辑　丁洪涛
责任校对　高　虹
责任印制　李仕杰
开　　本　700 毫米 ×960 毫米　1/16
印　　张　16.5
字　　数　120 千字
版　　次　2023 年 7 月第 1 版
印　　次　2023 年 7 月第 1 次印刷
印　　刷　鑫艺佳利(天津) 印刷有限公司
书　　号　ISBN 978-7-5155-2125-1
定　　价　48.00 元

出版发行　**金城出版社有限公司**　北京市朝阳区利泽东二路 3 号
邮编：100102
发 行 部　(010) 84254364
编 辑 部　(010) 84250838
交流邮箱　dinghongtaobooks@126.com
总 编 室　(010) 64228516
网　　址　http://www.jccb.com.cn
电子邮箱　jinchengchuban@163.com
法律顾问　北京植德律师事务所 （电话）18911105819

青春的花冠装不完
柔软的风
和透亮的光

不妨登高招手
喊来更多的蕾儿

我行走的地方
遇到无数野花，状如飞蓬
如果你也遇见过飞蓬
或许有一朵，就是我

我们无名，但努力开放
每一朵都是落在人间的月亮

雨落海棠
院门深闭
春色十分
七分
三两分

韶华如客
白头从来最容易

秋风送来斜阳
寒露送来晨霜
旧岁的城墙上飘散着新岁的芬芳

我来过老街
我的脚印落在石板路上
后来的游人又将脚印
覆盖在我的脚印上

序　言

与岁月慢慢商量

光阴是捧着笑脸来的。

还记得，少年时的那个夏天，红荷初放。放学的路上，我唱着老师新教的歌儿《童年》。池塘边的榕树上……暑假将至，无非游泳、爬树、抓知了，日日做赤脚大王，还不要写作业。

以为年年岁岁都是童年，唱到"一寸光阴一寸金，老师说过寸金难买寸光阴"这一句，很不喜。

我这里光阴多多，你们尽管来买来换啊。

刚过中秋，便要翘首盼春节。有新衣裳，有可以堆起来吃的糖果点心，有可以理直气壮使用的压岁钱……

哪里知道，光阴是会变脸的。

匆匆完成学业，囫囵着结婚生子，一转眼，少年人事都成了山那边的暮霭云烟，散了，远了。

记得三十岁那年的除夕夜，我暗自忧伤，写过一篇《三十岁的女人蛇》。我已知道，我将在岁月更迭里，悄然褪去那些明媚鲜艳、柔嫩多汁的部分，开始向纹理缜密、色泽暗沉的中年峰顶匍匐前进。

那些少年时的玩伴、同桌，惊鸿一样掠过心底的人影，我要和你们再见了。

……

再见面，已非往日，各自中年，各自忙乱。

岁月，恰如一只恶犬，跑得好快，将我们追赶。以为自己调整好频道，可以接受变色、破损、模糊，可是，一转身发现岁月又成了猛虎。

手机的通讯录里，有一些名字被光阴掳走了。

通往外婆家的那条江洲上的沙路，走着走着，就断了，那里是新岁的荒草覆盖了陈年的荒草。在夕阳落下的地方，我相信有一个无法抵达的国度，那里正朝露瀼瀼，那里是我的奶奶、我的外婆、我的早夭的姨娘……他们在另一个世界里，在岁月之河的彼岸。

在与岁月的交战里，我是如此被动，且战且退。但我知道，我不能落荒而逃。

我在中年的峰顶上，独坐、沉吟，开始我的小叙事。那些过往岁月里的人影，他们长成满坡的小野花、小青草，长成无名灌木，长成林间幽泉、石间苔痕……

我在峰顶上回眸、俯瞰，这四十年的岁月风景。是的，在这么多年惯于抒情的小时光里，这一回，我像蒙古长调一样低低地叙述。我要讲述，讲述，讲述这一路所见的浮云白日、落花流水。

如果人生真是个沙场，而我此刻，不再纵横决荡，不再被坚执锐，我只是个林间月下行吟的漫游者。曾经春深如海，我经过了；将临的霜重天寒，我一样会低眉合掌，安然接受。

两军交战，有人执戟冲锋，有人夜行游说。我要做的就是，与岁月慢慢商量，将疼痛降到最低。

是为序。

许冬林

2022 年深秋于北京

海棠落了
春水远了

我跟你说
我也跟你说
凌霄花用花瓣搭起梯子

站在云端里望

那年亭台幽寂
那年廊檐曲折
那年紫薇花开
好似祥云降落

一棵树的使命
是照亮一座院子

目 录

第一辑 亲情，是一个茂盛的热带雨林

夜深人静，闭目聆听《白度母心咒》，只觉得一切苦痛遁去，身心轻盈。在僧人的唱颂里，我看见月光普照，群山空寂，一条白色的河流蜿蜒地穿过大地，身后两岸，绿草萋萋，万物生长……

第二辑 爱情不来，我自盛开

爱情不来，我自盛开。

盛开成最饱满的状态。盛开得花枝招展。盛开，是自花传粉地盛开。但不自怜，不自惭，不自哀。

你没来，我也盛开。随时等待爱情的造访。自在。自若。等待温柔地进化，成为一个异花传粉的女人。等待他来，把爱情的花粉，播撒在亭亭的柱头之上，濡湿一颗渴望繁衍孕育的心。

第三辑 长着长着就大了

夜色之下，烟花绽放，烟硝味弥漫的空气里，我闻到一阵一阵往事的味道。

在这个平凡的世界上，我们都平凡地活着，恋爱嫁娶，生儿育女，汇合成人世的河流……

我们路过悲伤，但我们不会停止于悲伤。我们会继续向前，制造一个一个小喜。

第四辑 风慢慢吹，我们慢慢老

我们飘荡在江湖之上，是一个个行旅者。风慢慢吹，我们慢慢老。

老成一棵他乡的乌柏，就知道了秋很深，霜很冷。

走成一棵秋天的乌柏，就知道了江湖辽阔，知道风霜敲打出来的繁华高峻而沉实。

第一辑

亲情，是一个茂盛的热带雨林

夜深人静，闭目聆听《白度母心咒》，只觉得一切苦痛遁去，身心轻盈。在僧人的唱颂里，我看见月光普照，群山空寂，一条白色的河流蜿蜒地穿过大地，身后两岸，绿草萋萋，万物生长……

一个是月亮，一个是女儿

那一日黄昏，我和母亲在外婆家吃了晚饭，便动身趁晚凉回家。月亮从沙地尽头的江水上升起来时，我们已快行至那片辽阔沙地的最高处，母亲说此地叫佘家沙包。

那时，我一放假就去外婆家，仿佛一头觅爱的孤独小兽，我爱腻在姨的怀里，觉得外婆家才是世上最暖心可靠的屋宇。外婆家在长江边的一个沙洲上，日日夜夜，我们耳朵里都是江上轮船的鸣笛声，似乎江村是野生的，我也是野生的。只有早晨和黄昏时，高悬在沙地之上的大喇叭会播放用普通话播报的天气预报，小小的江村彼时才会微微荡漾出一种若远若近的现代感——现代文明从悠长的电线里伸出手臂来，在江水之畔一寸寸捞，捞一个芦苇和杂木掩映的小村，捞我的外婆家，捞我。

只是没想到，就在暑假快要结束的前几天，忽一日下午，母亲出现在江洲上，她说要接我回去上学，怕我赖在外婆家连学也不愿意上了。我心里怀疑她只是为了回趟娘家，女人嘛，总是喜欢回娘家。她寻常时日常常是将我遗忘在外的，我不回家，母亲也不寻。大约我们彼此都不思念对方。

我和母亲，一前一后走在沙路上。我身体左右两侧的沙地尽头，一头是夕晖渐渐弥散于夜色，一头是明月静寂初升于靛蓝天幕。好像我的两肩上，一边担着日落，一边担着月升。

而眼前，沙地无垠—— 一百多年前的江水冲积出来的沙洲真是辽阔平坦，在淡淡的月色下，沙地一片银白，远处近处的庄稼黛色的影子融在月色和沙地之间，像奇怪而可爱的走兽。我一路奔跑在前，虽然人小，却比母亲走得还快。我大约已是气喘吁吁，还出了不少汗，可是依旧不曾放缓脚步向母亲靠拢。我内心拒绝和母亲并排走，假若她牵了我的手，我会尴尬，会不自在。我潜意识里似乎拒绝和母亲十指相扣，十指相扣应该像河流交汇。而我像一条倔强的河流，一旦从源头出发，便独自奔泻，再也不肯往返了。我必得和母亲之间保留一点小小的空间或距离，好从容安放我的寂静深渊和不羁怒涛。

我心里盼着快快走到暗黑高耸的江堤下。我想，只要翻过江堤，我们就到家了，我的煎熬就结束了。母亲会再次抱弟弟在怀里亲昵，忘记我的存在——是啊，我还不习惯独一无二地在母亲面前存在着，这太隆重。太隆重的事，往往都显得生分。

沙地平坦，又时有缓缓的起伏，这也因了一两百年前的江水雕刻出这种波浪似的地貌。我们走到沙包地的最高处，像走在浪花飞溅的银色波峰上。举头看天顶，一轮皎洁的明月似乎伸手可摘。而不远处，在沙地缓缓向下的尽头，是一面半月形的池塘，微微的粼波上银光闪耀，水里也灼灼颤动着一个不断起皱仿佛就要碎掉的白月亮。

“这里风好，又凉快，阿晴别跑那么快，我们坐下来歇歇。”母亲忽然叫着我的乳名说。

我回头瞟一眼母亲，只见母亲已坐在沙地上了。我想赶路已不可能，可是又不愿坐到母亲身边，我感觉左右为难，只好站在原地不动。我听到远处庄稼叶子被风吹动的哗哗声，还有更远处村狗的吠声，知道我和母亲此刻都在村庄之外，村庄之外这一片被月色雕琢得童话一般的沙地上，只有我和母亲。是的，别人家的母亲都在树木蓊郁的村庄之内入了梦乡，别人家的孩子都甜美地卧睡在母亲身旁。

“阿晴数数，我们面前有几个月亮？”母亲依旧坐在沙地上，呵呵笑着说。

我心想，这么幼稚的问题也好意思问我，只有弟弟还懵懂无知或可值得一考。便没好气地回道：“谁不知道，天上只有一个月亮。”

母亲忽然起了身，一把拉住我，将我拉到她身边，让我傍着她坐下来。“水里还有一个月亮！”母亲指指池塘说。

“那是月亮的倒影。”我不服气地纠正道。

“那是月亮的女儿。”母亲慢悠悠地解释着。

“天上的是月亮妈妈，水里的是月亮女儿。没有天上的大月亮，哪有水里的小女儿！”母亲摸摸我出汗后又被夜风吹得沁凉的脸，指指天空，又指指池塘继续说着。

我顺着母亲所指，看看头顶的月，又看看水里的月，嗫嚅道：“水里的月亮被风吹皱了。”

“它是在生气呢！”母亲哈哈笑道。

我便低头不肯再说话，心想，天上的月亮也好，水里的女儿也罢，跟我又有什么关系呢？我只是我，今日不巧跟你同道，坐在这沙地上陪你看月亮而已。如果此刻换成是姨在我身边，我一定不会这样尴尬，不会这样苦于无话可说。姨会将我的小手握在她的掌心里……如果姨在身边，我多么愿意姨是天顶的大月亮，而我，是一只在水底贪玩的小月亮呀。一想到姨，我便又抬头仔细去瞧月亮里的那棵桂树了，那无比皎洁明净的玉盘中间一片黛蓝色的阴影，怕就是月中的桂树吧。姨的名字里也含了一个“桂”字。姨曾经指着月亮跟我说，吴刚在月亮上砍桂树呢。听得我又惊诧又恐惧，吴刚生了谁的气要拿桂树来当出气筒，还是吴刚家缺柴烧饭所以要砍桂树？直到姨告诉我，那桂树是神树，砍一截长一截，永远砍不完的，我才放了心。

在我心里，月亮是姨的月亮。

我坐在沙地上，自江水之上远远吹拂过来的夜风吹干了我身上的细汗，我周身清凉干爽地坐在月下，倒真觉得自己也像是月亮生出来的一般洁净凉软。如果不说话，这江洲之夜真是宁静呀，除了远处偶尔传来的轮船鸣笛，便是近处的唧唧虫鸣。虫鸣来自脚边的草丛里，更多的仿佛来自池塘斜坡上的苎麻地。苎麻地，大约也是虫子们的外婆家，谁都爱在外婆家的吧。虫声很密，虫子们大约也是亲戚拉着亲戚，在草间赏月乘凉，吹拉弹唱。

想到虫子们的欢畅，我便愈发感受到坐在母亲面前的局促不安。我偷偷瞟了一眼母亲，母亲周身披覆月光，正举头看月，微微仰起的侧脸，多么像姨。是呀，她们是同胞姐妹，自然长得很像，尤其不说话时，我几乎可以把母亲当作姨。坐在月光里的母亲，静静地，也像在听虫鸣，也像失去了年龄，也像是成了年轻的专属于我的姨……我忍不住悄悄地细看母亲。

“阿晴在外婆家待了这么久，想不想妈妈？”母亲忽然转过脸来，望着我问。我看见母亲的眼眸亮晶晶的，也闪耀着月光。

我心里想说“不想”，又怕母亲伤心，可是又不想撒谎，只好折中说，“有时想，有时不想”。

母亲似乎很甜蜜，忽然又温柔地叹道：“今晚终于能和我宝贝女儿单独坐一起好好说说话了哇！”

宝贝？我心里一愣。母亲竟然称呼我宝贝！寻常时日，这个词是专属于弟弟的。我的耳朵，在父母的屋檐下，路过无数回这“宝贝”二字，但都是漠然路过。我在父母身边静静生长，把一件件新衣穿短穿旧穿小，却好像都与“宝贝”无关。

是今晚的月亮让母亲忽然发现我也是宝贝了？我心上一片慌乱，又像落满了蹦蹦跳跳的虫唱。

母亲忽然又道：阿晴天天歪在姨怀里，过几年，姨嫁婆家了，你还要跟着姨到婆家去？

我不说话，心里却倔强地认定，我当然要跟去。

母亲大约猜透了我的小心思，笑着又道：到时候，姨要生自己的宝宝，你到时刚好不上学，天天帮姨摇摇篮……

我知道母亲在说反话，可是我依旧不回应，只是心里忽然难过得要命。原来姨有一天也要出嫁，也要像妈妈抱着弟弟一样，抱着白白嫩嫩的小宝宝。

我啜泣起来了。

母亲哈哈笑起来，一边笑着一边给我擦泪。“我的女儿可真是养野掉了哦，姨还没出嫁，你倒先伤心起来了！”

在万籁俱寂之中，在淡淡的月色里，我倚着母亲的胳膊轻轻抽泣着。母亲齐耳短发，不似姨还拖着两根乌黑长辫。我望着剪着利落短发的母亲，又暗自掐着自己的手指甲，仿佛在背诵着一篇艰涩的课文，我在心里默念：这是我的妈妈。她像女娲锻造人类一样锻造了我的肌肉和骨骼，乃至我的呼吸。不管我和她是否说话，是否靠近，都无法否认她是我生命的来处。

月亮不知几时已经低低落下来了，落在沙地斜坡的苎麻叶上，慵懒的眉眼，像一只正要卧睡的蚕。苎麻地里，虫子们也像是叫得倦了，只有夜风像一根凉软的舌头在沙地上舔，在我们脸上舔，舔得人不觉起了睡思。母亲拉我起身，继续赶路。我虽然照旧走在母亲前头，却分明感觉母亲的目光紧紧贴在我身后，像月亮一样照着我。

前方江堤隐隐，就快要到家了。月色朦胧中，我仿佛觉得自己不是回家，而是山水迢迢地奔往远方，去拜会传说中的母亲，心上兀自生起万种庄严静穆。

妈妈是个奇怪物种

俏妈

我们这个家族的女人，不知道出生时撞上了哪个巫婆的咒语，长相上，一代不如一代。

我外婆还很不错，年轻时被村人封为“水白菜”，自是水灵白嫩。到我妈，则次之，到我，更是让人泄气。对于这样的命运，在我妈那儿，是有不甘；在我，则是死死地认了命。

一个人有一个人的时代。外婆的青春是在战火纷飞年代度过，因为贫困和频繁地躲避战乱而过于暗淡和沉寂。如此，同样的青春，在外婆身上，它像一把有点潮湿的玉米在铁锅里，勉强炒着，到了我妈，已经是炸出了的爆米花。我妈活得出彩。

虽然我妈皮肤没有外婆的好，但她会打扮，兼以身材与五官都好，所以，也有美人之誉了。至少，在她自己心里，她是从来没有否定过自己的容貌的。她有一桩关于衣服的旧事，那一年冬天，她十七岁，想得一件新衣。外公说，要新衣服可以，屋后菜园里有大白菜，你自己砍一担去卖，卖的钱归你。我妈当真砍了一担，踏着半尺多厚的雪，一个人挑到江边渡口，过了江，去荻港卖，换得一件褂子，白底的平布上印着一枝一枝的绿竹叶。那是她青春里的一次壮举，她很自豪，她的每一个朋友几乎都知道。

她年轻时，别人搽蛤蜊油，她搽雪花膏。我以为，她雪花膏会搽一辈子的，没想到，我大了时，她羡慕我的那些化妆品，经常问我的要来搽。我们母女之间，似乎从这时起，有了一点微妙的戏。她有一段时间在无锡，帮我舅舅做事，让我给她买几件衣服带过去。我就挑了几件宽松的衣服，托人带去。回来后，她埋怨我不会买衣服，我买的那几件，她送人了，嫌老气。其时，她身上穿一件连衣裙，湖水蓝的底子上，泛着白色的豌豆点，还有两根细细的带子在腰后系了一个蝴蝶结。那时，我已结婚。我的同事说，你妈好年轻，穿那么飘逸的裙子，和你一道，真像姐妹！这话应该说给我妈听，我不太爱听，我似乎是怀了一点嫉妒吧。

我妈手巧，在我家从前住的那条河堤上，她简直就是开在五月的石榴花。包粽子，别的女人都是包又粗又矮的江北粽子，锅里一煮，角上挤出白米粒来，总像个拾掇得不够清爽的邋遢女人。我妈包江南粽子，又细又尖，右手的小手指翘起来，绣花一样。煮过，还是绿莹莹的一个个，包得紧实。男人们夸我妈的粽子包得好，女人们端了糯米夹了粽叶来跟我妈学，但学不会，包出来的粽子总是蹩脚。

我妈是个不甘于过平淡生活的人，她朋友多。每到一个地方，都能很快和人家混熟，谁都知道，我阿姨多，都是她的结拜姐妹，常来我家，和我妈聊到三更半夜。她还和她的姐妹们喝酒，可能是她脸上有两个不深不浅的酒窝，她能喝一点。也因为这一点，我妈在我们那河堤上，要常被古板的老婆婆们视为异类了。她没顾虑过这些。她的半辈子，似乎就是来颠覆我外婆那样暗淡平静生活的。

她这样出彩，而我，似乎是她的一处败笔了。有一天，她很甜蜜地跟我说："有人夸我女儿漂亮，还说气质好……"我忽然一阵心酸，长了三十多年，她终于从别人的口里，对我的长相有了一点认同。一直以来，关于长相，我觉得自己很是对不起她，我的额头、眼睛、鼻子、嘴巴、牙齿，以及脸型，都不及她的好，在她那里不曾通过。女不如娘，这也是无法可想的事，她大约也是失望得很，所以，如今忽然听到一声关于女儿长相的夸赞，自是欣喜异常。可能，女儿的俏，也就是娘的俏吧。

黄昏，我回娘家，她在门口逗孙子玩，旋起了呼啦圈。我很惊讶，旋得比我好，心底冒一句：瞧这"老妖精"！

"自私"的妈妈

很小的时候，我就知道，天下的妈妈，都是自私的。

已经是改革开放后，家家日子已有好转，能分出来一日三餐。不像饥饿年代，一天到晚就想着吃吃吃，时间模糊地过。

一日三餐基本是早上稀饭，中午干饭，晚上又稀饭。

我最讨厌吃稀饭，那时候，正长身体的十来岁前后。

一般，早上和中午，我还都没什么野心，跟着大人，喝稀的吃干的。

但是，到了晚餐，我就蠢蠢欲动。因为，中午会剩下一盘子饭，被奶奶蒸热后，端到一望无垠的稀饭边。

这时候，我和弟弟总是忘记奶奶昨天的告诫，又野心勃勃要分吃一盘子干饭。我们对稀饭，那时候，从来没兴趣。我们的肠胃，不喜欢水路运输，我们热爱干饭，热爱集团军式的干米饭滚滚推进肚子里。

奶奶老远看见，大吼一声：大丫头和小小子，又在好吃，那饭是留给你爸的！你爸多累啊！他吃了还长些力气，你们吃了干什么？

我和弟弟只好抿口水，抿得脖子打结，眼巴巴把饭盘子上的盖子再扣上去。

我们吃了还长个呢！老奶奶偏心，就舍不得她儿子！弟弟吃不成，开始语言对抗。奶奶就举着扫帚做出要打弟弟的样子。

我记得，那时候，凡有好吃的，我奶奶第一个想到就是我爸。我们这些小屁孩，好像就成了抢我爸食的野狗。

我以为，在我奶奶这里不受待见，在我外婆那里，肯定不一样。

我妈一辈子喜欢赌，当然是赌些小钱了。但是，稍微一闲就赌。

我长到十几岁之后，像只开始耀武扬威的小公鸡，开始管事了。其实，就是管我妈赌钱。

三缺一啊，大妈在门口招手。

我就在家里放脸子，说话好大声。到黄昏，估计牌局要散了，赶紧跑去数我妈手边的扑克和蚕豆，那是筹码。一旦发现比别人的少，就回家到爸爸面前报告，大肆渲染：妈妈又输啦！我爸就会阴沉着脸，于是我也配合我爸的表情，阴沉着脸。

这样阴沉，我妈还屡教不改。她那里，是永远三缺一，所以，她永远要补进去，成全人家。

我想，只能寄希望于我外婆了。所以外婆每来我家，我就列数我妈十大罪状，给外婆听，拉她出面惩治我妈。

我外婆就叹息说：唉，你妈怎么好赌呢！她先前不是这样的！

我以为我外婆接下来会张弓搭箭，跟我合谋好治我妈的锦囊妙计。结果，我外婆嘴巴几绕不绕的，绕到我头上来了。

阿晴啊，外婆叫我的小名，她继续说：听你妈说，你不怎么听话，还经常跟你妈吵嘴。你不能啊，女儿应该听妈的话。

切，没想到我妈先下手了！我的状还没告，她倒先跟她妈数落我的不是了！我太生气了。

我跟外婆说：我是听话的，我好好读书，每学期都拿奖状。是她天天赌，还不让我爸管。她怎么不听你话呢?

我外婆就又温柔地叹息，好像我们深恶痛疾的赌钱在她眼里，根本不成为缺点。

外婆说：你妈啊，老大，从小被宠，所以脾气强，你要让让她……

太不公平了！她怎么不叫我妈让我？我也是老大呢！

我自此知道，我外婆，永远是偏心向着我妈，连我这样嫡亲的外孙女都不可冒犯她女儿。

我自此，再不向我外婆报告我妈罪状。是死心了。

天下的妈妈，都是“自私”的，最爱的人，永远是一代产品。后面升级的二代产品，只当玩具一般喜欢着，一旦涉及原则问题，她们还是退后抱紧她们自己制造的一代产品。

我奶奶，我外婆，都是。

后来，我长大了，我原谅了这些做妈妈的偏心人。

从北京回来，我给我妈买了双绣花的老北京布鞋，送给她，嘱她秋天就穿上，别留着。第二年春天，去看外婆，结果看见那双绣花鞋穿在了外婆的脚上。外婆一派心安理得的样子，毫无霸占我妈鞋子的不安。

回来后，我问我妈：你怎么把鞋子给外婆了？是我送给你的啊！我以为鞋子太花，外婆不敢穿呢，所以没给外婆买。

我妈说：她穿，她喜欢得很。

我妈比我更懂外婆。当然了，她是她女儿。

一双绣花鞋，我送给我妈，我妈送给她妈。

后来，我又亲眼看见过一套紫色的保暖内衣，是我买给我妈的，结果堂堂穿在我外婆的身上。我能想象，外婆跟她的老友聊天，一定会扯出紫色内衣的一角，得意扬扬说：这是我女儿送我的！

至于其他吃的用的，芝麻糊啦、蜂蜜啦、围巾啦、毛衣啦，我送我妈妈的，结果都是转移到我外婆那里。除非是保证每件都是双份，并且是同时送出。

我看着我买的那些东西，最后都是外婆笑纳，常常一瞬间恍惚：这一对母女，到底谁是我妈？

每去外婆家，临走会塞一点钱给她。人老了，就像小孩，特别喜欢钱，也喜欢别人给钱给她。

慢慢，外婆就攒了一些钱，留下零头去超市买零食，整的就悄悄给我妈，让我妈帮她存起来。四个舅舅，谁会占她那一点零花钱呢！可是，她就不信任儿子，就信任女儿。

我妈揣了我外婆的私房钱，到我家，又偷偷塞给我。然后，从自己的另一个口袋里再剥出来一些票子，搭在外婆的钱上，凑个大数字，托我给她们母女存起来。

真有趣，好像绕口令一样，这人世间的一对对母女。

2013 年夏，外婆昏迷了一个星期之后，最终走了。我妈伏在水晶棺边哭，我看着我妈哭，泪水也下来了。外婆很老了，可以走了，我只是舍不得我妈哭。

我想起从前，我妈每次回娘家，外婆总是装了许多晒干的豆角和霉干菜，让她拎回来。那时，我妈拎着大包小包的干菜，总会绕道经过我家，分一些给我，再拎回去。

我看着哭泣的妈妈，哭得像个伤心委屈的孩子，我知道，她以后再也吃不到外婆养的母鸡下的鸡蛋了。她吃不到那妈妈牌的鸡蛋，我也就跟着分享不到了。

我的妈妈，在 2013 年夏，失去了大靠山，失去了永远维护她的人，失去了她唯一的妈妈。

还好，我的妈妈，还在。

我以后不欺负她了。

很想知道你的样子

——读《卷耳》

在纸上抄《诗经·国风·卷耳》，抄着抄着，眼底就起了泪意。

读这首诗，可以配上陈奕迅的《好久不见》做背景乐。岁月的惊涛将我们拍了又拍，到后来，再盛大的想念，也会被捶成蝴蝶标本一样的薄片，小小的，安静的，不会有横跨八个音阶的跌宕。

采采卷耳，不盈顷筐。嗟我怀人，寘彼周行。

陟彼崔嵬，我马虺隤。我姑酌彼金罍，维以不永怀。

陟彼高冈，我马玄黄。我姑酌彼兕觥，维以不永伤。

陟彼砠矣，我马瘏矣。我仆痡矣，云何吁矣！

《卷耳》里，她提筐来到野外采卷耳，采呀采呀，有心一把，无心一把，采了半日还没采满一筐。不是筐子太大，不是卷耳太少，实在是心里思远怀人，无心来采卷耳。思念当然会误干活——谈恋爱本来容易成为废耕废织的事，何况这爱恋又被时空隔出了一道豁大的口子，思念的洪水日夜奔泻，采采卷耳这样的劳动真是填不平这浪涛。

那么，索性就把菜筐弃在大路旁。

一定是这样的一条大路：他千里行役之时，出发是从这条大路出发的。自此，在这条大路，她日日遥盼远人来归的目光，按住了一拨又一拨人马走过溅起的烟尘。今日，她采卷耳，这大路两旁的野地，毫无意外成了首选。因为，可以一边采摘，一边等他远远从山冈那边忽然翻山走来。

陈奕迅用低缓的嗓音在《好久不见》里娓娓地唱：我来到你的城市/走过你来时的路/想象着没我的日子/你是怎样的孤独……

千百年来，总有一场又一场情节雷同的想象：当我深陷思念之时，便想象出你旅途孤寂的样子；若你也如我这般思念，你一定会遥隔重山，告诉我你走过的山川、骑过的骏马、同行的旅伴……

于是，便有了一场隔空的回应：

× 年 × 月 × 日，天色清明，晓风里驰马前行。远山如黛，林木苍苍，一颗红日初升如豆。马蹄嗒嗒，铃声回荡。至日中，苍山渐近，四野披覆灿灿日光。仆在水边饮马，我在乔木荫下歇凉。日落时分抵山脚，举目荒无人家，无可投宿，我欲攀此土石山，奈何骏马足疲，神色已颓。暮色里，想起家山遥遥，那大路边采摘卷耳的人提筐空空而归，我这里取壶斟满浊酒，望乡而饮，聊慰这满腹思心，和暮霭一样弥漫的忧伤。

× 年 × 月 × 日，日色昏昏，途中黄叶扑簌坠地，极目衰草连天。日夕之时，登上高冈，俯瞰远村，屋舍朦胧，犹闻犬声隐约。风烟中望乡，大路通往远方，迢迢迎向故乡。遥想彼地卷耳已老，不知我那采摘卷耳的人是否已回厅堂。今日暂歇秋风高冈，端详那马儿已经腿软，它和我一样身疲惫，心迷茫。此种情境，唯有把酒临风，或可稍稍消解这思乡念人的悲伤。而长路，长路还在脚底，日日延长。

× 年 × 月 × 日，朔风已起，寒气清洌，长空雪影纷乱。我们一主一仆，还有一匹瘦马，缓缓行于深山大谷。上下一白的空旷里，遥见山野人家晚炊的轻烟斜斜地弥散于萧疏林木。唯有登高方可望远，我登上乱石嵯峨的山冈，而一仆一马已累倒在我脚边。我有多久没见你了呀，我那春日里在乡野采摘卷耳的人？我想寻一处山野茆亭，一边避雪，一边喝酒，一边想你。可是，茆亭易得，酒壶已空，空空的行囊里只装了行行重行行的叹息。

……

雪花之外，千年之外，陈奕迅依然用低低的嗓音在吟唱：我多么想和你见一面 / 看看你最近改变 / 不再去说从前，只是寒暄 / 对你说一句，只是说一句 / 好久不见。

是啊，好久不见。那行役在外的人，眼见着那长路所见从林木苍翠换成大雪纷飞；那采摘卷耳的人，眼见着卷耳青了，枯了，又青了枯了。那行走于红尘俗世的现代人，见镜中华发已生，忽惊彼此已是经年未见。所以，悄悄想起那个人，期盼再见一面，哪怕是单薄得只有寒暄的一面。

就这样读《卷耳》，像观一场构思精巧的舞台剧。第一个上场的是一个女子，她蹲在舞台一角，绯红上衣石青色裙子。她身后，平野辽阔，绿油油的卷耳叶子和着不远处的庄稼一起，在风日里摇曳。春光灿烂的画面里，她采摘卷耳，不时远望大路尽头，阳光给她的脸儿打出了一个线条分明、柔和好看的侧影。悠扬的歌声自菜筐背后响起：采采卷耳，不盈顷筐。嗟我怀人，寘彼周行……

在舞台另一角，光电缓缓切换出一个色调微冷的画面—— 一个与她遥隔重山的男子，他立在马边，一身风尘。他的身边，仆从憔悴，骏马疲惫。他立在清冷光影里，遥望着象征辽阔时空的黑暗，用陈奕迅一样低低的微哑的声音诉说：陟彼崔嵬，我马虺隤。我姑酌彼金罍，维以不永怀。

他的歌声一出，舞台上瞬间落叶缤纷。他再唱，大雪飞扬。他的身后随即飘出来无数个低沉的喑哑嗓音来唱和：陟彼高冈，我马玄黄。我姑酌彼兕觥，维以不永伤……陟彼砠矣，我马瘏矣。我仆痡矣，云何吁矣！

他和她，在同一个舞台上，在两束不同色调的追光里，遥隔沉沉的黑暗，相望，互诉衷肠。

《卷耳》四节诗，感人之处在于，她的春日怀人，得到了持续的回应。如果我没猜错，他用至少三个季节的登高望远借酒抒怀，来酬答她的思念。

其实，他真正的情形她并不知。昔日里，那故乡大路边一别，他自此沉落于茫茫人世。鞍马风尘，醉卧沙场，抑或他乡另结连理，都有可能。人生实在有太多不确定。

一别，就是一世。这结局，古今都不稀奇。

只是有人在人海里，低头吟唱，想象着你如今的样子。

万物依旧生长，而你不在其中

阳光透过硕大的泡桐叶，将茸茸的光倾覆下来，倾覆在满地的绿叶紫苏上。阳光是绿色的。空气里，紫苏清香微苦的气味，混合着地上腐叶的潮腥气，在绿色的光里弥散……这是外婆的石板洲，万物蓬勃生长，衰亡，腐烂，再萌发。

我们在外婆身边，像是一个丛林植物部落。而外婆，是最寂寞最疼痛的那一棵。

端午节前，我去看她，买了她爱吃的菜带去。她住在二舅家的老房子里，请了保姆服侍。因为去年夏天的一次摔跌，她半身不遂了，从此卧床，或坐轮椅。

踏进二舅家的大门，迎面看见她嵌在后门口的侧影，坐在轮椅上的侧影，如一团陈年的墨洇在宣纸上。她坐在轮椅上，看着后院，那里一架丝瓜的藤蔓正汹涌地往上攀爬，一畦小白菜婆娑摇摆在微风里，蜡梅树下歇着一只漂亮的牧羊犬，是三舅养的，往上，是丝瓜架上的半块灰蓝的云天……后院里，一切都在生长，膨胀，覆盖，重叠；而外婆，像是一棵已过了生长期的植物，被拔出泥土，勾到畦边，成为旁观者。我叫她，她缓缓转过脸，她已经不太能认识人。她跟我招呼，叫我坐，但我知道其实她有茫然，她分不清我是她的外孙女还是侄女。

回家的时候，偶然抬头看见人家楼顶边停着一只灰色的鸽子，张皇地看着灰蓝的天，不觉又想起轮椅上的外婆。心底涌出两个字：孤独。她曾是地主家的长女，定的是娃娃亲，嫁给另一个地主家的儿子——我的外公。年轻时，她是石板洲上有名的美人，身材苗条，皮肤白皙，眼睛清亮如莲花上的晨露。石板洲上的人笑称她是"水白菜"。

我无法想象中年丧夫给外婆的打击，在当时，那既是一场生死之别，又是半生艰难的开始。外公去世时，大舅十三岁，姨娘十一岁，二舅九岁，三舅七岁，小舅四岁。我妈最大，已经出嫁，刚生了我。外公把一窝的孩子扔给了外婆。一窝的孩子，要吃饭，要穿衣，要长大，米坛是外婆最大的苦恼。每次陪外婆去池塘边淘米洗菜，水塘边的人总要逗问：阿宝，你又来啦，荷包里可揣米带来了呀？我笑笑，不回答，外婆也跟着轻轻地笑。那么苦，那么难，外婆不说，以至于当年的我对外婆的艰难浑然不觉。记忆中，每放假去外婆家，老远看见外婆灰蓝的褂子在菜园的绿色里浮浮沉沉，她似乎已长成菜畦瓜架的一部分，是竹架，是叶子，是藤蔓，辛苦供应着花朵和果实。我老远叫她，那时她的听力可真好，总是腰还未直时已经声音清脆地应了我。夏夜乘凉，蛐蛐在瓜架下草丛里叽叽地唱，夜风吹拂，各种草木的清气混合之后在皮肤上濡染，我仿佛听到瓜蔓登架的声音，野草拔节的声音，木槿打开花冠的声音，露水从一片叶子掉到另一片叶子上的声音……外婆伸手细细抚摸我的腿脚，一边探我有没有凉透，一边喜滋滋地说我的脚大得像她的蒲葵扇了。

一切都在生长，日子永远向前继续。连我的世界也在生长。

我的世界也在生长，在时间里长，在空间里长，在内心里往纵深处长，但外婆的世界就只有石板洲。最难忘外婆穿白色平布斜襟褂子的样子。夏天，去我家，白衣黑裤，摇一把蒲葵扇，夹个包裹。那时外婆五十几岁，梳着髻，皮肤依然白，一路悠悠走来，神态安详宁静，像出门布施的观音。

她在我家一般歇两夜，第二天，穿家常粗陋的衣服——包裹里带来的灰色斜襟短袖褂子，帮妈妈忙活家务。那件白色平布斜襟褂子已经洗过浆好，晾在庭前，像一朵淡雅的白莲花。第三天早上，赶早凉回家，外婆依旧穿那件来时的白色平布斜襟褂子，穿过蝉鸣鼓噪的林荫路，回到石板洲。

村里人都知道，我有个美丽的外婆，却不知道外婆只在来我家时才收拾得那样清美无染，回去，她那件白色斜襟褂子照例要洗过浆好叠齐，深深地放进箱子里，直到下一趟来我家时穿上。我的家，在她的人生地图上，在当时是最美也最远的去处。及至后来，二舅组建了自己的建筑公司，在城里安家，外婆也只在二舅家住过短暂的一两年，然后又回到石板洲。

我在办公室里抚玩同事桌上的地球仪，看着深蓝海水包裹着的地方，想起"世界"这个词。世界那么大！心里想起外婆，外婆一定不知道地球仪上的"世界"，外婆的世界，只是一座村庄。再大些，也不过是一座村庄牵上了另一座村庄，她的女儿家和她的娘家。一座村庄牵着另一座村庄，悠悠荡荡，便荡尽了一个乡村女人一生的时光。

即便是这样小的世界，也在时令里经霜。记得二十世纪八十年代中期，那时，大舅已经长成大小伙子，穿喇叭裤，不务正业，骑"大桥"

牌自行车贩买贩卖，卖小猪仔、卖冰棒……外婆家的那三间草房子已经盖了青灰的瓦片，四个舅舅有两个在西边的大厢房里睡，房间的墙上贴着八十年代的明星朱明瑛们。另两个舅舅在承包的赵家塘看鱼，睡在鱼棚里。外婆和姨娘睡在东边的房间，这是个厨房兼卧室的房间。每每放假来外婆家，我就挤睡在外婆和姨娘的这张小床上，闻着柴火间里晒干的芦苇叶子散发的清香，觉得夜晚如睡莲盛开般美好。

从姨娘开始生病起，那些个充满草木好闻气息的夜晚，好像是枕在了巫婆的咒语上。和姨娘肌肤贴近，我感觉姨娘的身体瘦得像失了水分的蔓草。外婆不说话，也不叹气，外婆每晚睡前总会摸摸姨娘的腿脚，将被子掖了掖，然后熄灯。小小的房间，空旷无边。一块巴掌大的月光，透过窗子上的玻璃纸斜落在锅沿，像一床窄小的被子扯来拉去盖不严实一家人的身体。我们的心里都憋着一口凉气不敢吐出来，我们都怕，害怕某一个时刻到来，咒语灵验，大地在黑夜里沉陷。我想，外婆夜夜睡在姨娘体侧，她一定比谁都明白一个鲜活的生命是怎样一点点的，失去水分，失去芬芳，失去活力，开始剥离。死亡的气息，一夜夜地在外婆的体侧逼近，而她，无法阻挡。姨娘去世是在冬天，一副新上了红漆的棺材架在逼仄的堂屋中间，外婆伏在棺材下面哭，她已经站不起来。她的哭声里，听不清句子，其实是没有句子，只是哭，声音喑哑地哭。头发模糊衣服模糊哭声模糊：老来丧女啊！

这之后，去外婆家，晚上睡觉，我睡在姨娘从前睡的位置，外婆坐在对面的床头。她常常喜欢静静地坐着，双手松松地交握在被子上，头靠着墙，不说话。斜襟的袄也不脱，目光迷离，就那么空茫地望着墙壁。那一刻，我想她是怀着疼痛的，自己哀伤，自己舔舐。

姨娘去世后，大舅盖新房子结婚，三大间红砖瓦房，在当时也算是小有阔气。外婆丧女的悲痛渐被舅舅们接踵而至的成家立业所覆盖，仿佛树木在风雨之后抖掉残叶折枝，收敛伤口，结上一个硬硬的节，继续生长。是啊，万物生长，生活继续。在乡间，兄弟分家，几乎没有不吵架的。我的四个舅舅，也许因为没有父亲，反倒分外团结，不在一物一事上究竟。

大舅结婚后，外婆跟后面三个舅舅过。等到二舅结婚，她又跟后面的两个舅舅过，直到小舅结婚。她像个列车员，将乘客一站一站地送下，又一站一站地迎来新的乘客。她后面二十多年的时光，不为柴米犯愁，只是做饭洗衣，在舅舅们离家闯荡的日子里，在舅舅们新造的房子里，独自抚育一个又一个孙子孙女。仿佛是侍弄韭菜，一茬又一茬，直到近八十岁时才得休息，独住在二舅的老房子里。

八十岁那年的正月初六，已经算是出人头地的舅舅们，开着"宝马"轿车载她去饭店，为她隆重过生日。放礼花，切蛋糕，儿孙绕膝，起坐喧哗。

正月之后，我去看她，她的房子被她收拾得依然简洁干净，只是有点空落冷清，像放学之后的教室。她的圆圆的髻早已被剪，听大舅母的安排，梳短发，好洗。她当年的斜襟褂子也换成了对襟钉纽扣的普通式样。在廊檐下，我跟她相对坐在矮椅上聊天，阳光暖融融的好，菜园里白菜萝卜花开欲燃，春气勃发。繁花照眼明，只是外婆在春色面前显得旧了。我夸她比从前胖了，她一听，耷拉下脑袋，手拍在膝盖上，又来回摩挲了几趟，很沮丧地说：哪里是胖了，是起气，这腿一按一个凼。我说生日不能做的，不该放炮竹，让阎王爷晓得了……

我听了，心里发酸，又有些想笑，终于明白，何谓“苟且偷生”。她说她前日参加了她堂弟的葬礼，回来睡觉总梦见她堂弟。醒来，她一个人对着黑暗的房间说：你就放心地走吧，别来我家了……

我心里知道，她怕！在她小小的世界里，她亲眼送走自己的父母兄弟，自己的丈夫，自己的小女儿；也迎来了九个孙子孙女，还有一个重孙——我的儿子。她还爱恋着这个小小的世界，就像一株植物的根系还爱恋着返春后温暖潮润的泥土。

她告诉我，她在自己的床底下放了一把不用的菜刀：辟邪的！她说的时候，语气里充满不可说不可说的玄妙和机智。

端午后的第二天，是午后，父亲打电话给我说：快去石板洲吧，老人家恐怕不行了！我握着电话，惊慌不已。坐车十几分钟赶到二舅的老房子，空无人声，也没看见外婆。她已经被搬到大舅家新造的两层小楼里，乡下风俗，老人去世应在长子家。在大舅家看到外婆时，她已经昏迷，脸上的皮肤依然白净，不像是要大去的人。只是张着嘴，艰难地呼吸，仿佛是一只搁浅在沙滩上的蚌，张开蚌壳，等着海浪将之召回。我叫她不应。拼命忍着，我的泪水还是满脸披覆。

在给外婆守灵的间隙，我坐在大舅家的庭院里，看屋西边的蓊郁树木，还有满地冉冉生长的绿叶紫苏，阳光是绿色的，将前来吊唁的亲戚和乡邻们都罩进一片清寂和阴凉里。我忽然想起 26 年前，也是在这样的路边，那时树木那边是森森然的黄麻地，蝉鸣如沸，我陪着生病的姨娘在树下乘凉。傍晚，外婆送来两碗莲藕羹，大碗的给姨娘，小碗的给我。蓝边的白碗，羹像透明的白月亮。如今，白月亮彻底地沉了。水逝。风散。我的外婆，在长江边的一个小村子里，静静走完了她没有传奇的一生。84 岁，算是高龄，算得圆满。

耳边，舅舅请来的乐队奏起低回婉转的曲调，那曲调听起来像是衰草在秋风里，深深地弯下了腰，种子落下，然后腐叶归入泥土。安详，又充满悲悯。外婆的一生，封闭，孤独，柔弱而有韧性。她以一株草本植物的卑微姿态，经历死之痛，生之艰，将岁月一程一程延伸。

外婆入土后，舅舅们在为亲友准备的十几桌外，还另加了几桌，请了整个小村子的老人来吃饭，当作白喜事来做。我看着那些白发苍苍的老婆婆们细细轻轻地说话，觉得她们都像我的外婆，皱纹沧桑，眼神平静。我知道她们许多人和外婆一样，一辈子基本未出过村庄，生在这里，也将毫无悬念地死在这里。她们在这里，迎接生之蓬勃，送别死之静寂。她们在生死之间，生育，生活，伤心，坚持；在苦涩边沿，暂得欢喜，便悠然知足。

外婆去世后的这段日子，我常在电脑上点一首佛乐来听，是桑吉平措唱的《白度母心咒》。在藏传佛教里，传说白度母是观音菩萨的左眼的眼泪所化，她聪明美丽，温柔善良，她来到人间布施恩慈，成为长寿之尊。她让我想起穿白平布斜襟褂子的外婆。夜深人静，闭目聆听《白度母心咒》，只觉得一切苦痛遁去，身心轻盈。在僧人的唱颂里，我看见月光普照，群山空寂，一条白色的河流蜿蜒地穿过大地，身后两岸，绿草萋萋，万物生长……

山居岁月

我在山中，有一座房子。

往山中来，念头闪过几次，像扑翅的鸟，后来就落巢扎了根。然后是攒钱，攒了几年，终于动工，建了这么一座三间的院落。得了山下不少山民的帮忙，心里记着。

伐木选址的时候，还不敢肯定，自己真的能来。怕的是，我的父母舍不得他们的女儿独居山间。也怕我的那一位，舍不得我受那山间的冷清和清苦。包括远的近的友，怕他们惦记。没想到，真的一脚踏进山里来了。大约是，我的亲和友，他们心怀宽容，也知道我不是久居，还会回去，故许我在红尘之外，稍稍这么放浪几年。我之前的几十年，身陷红尘，之后的几十年，可能还要再次出演尘世间的闹剧。这前后之间，他们愿意帮我圆这辽阔人生的一场黄粱梦。

房子高踞在半山腰的溪水边，引了山泉到屋顶的水塔里，存下，怕逢山中久旱无水。想想自己，还是很物质的，逍遥处，仍不忘来自生存的威胁。

亲友来看过，次数不多，也许是太不方便了。来了，我一般留宿一夜，翌日天明送下山。因为，缸里存的米粮不多，再者，他们也实在是受不得山里的寂寞。

置了辆自行车。通常我一个星期骑车进城一次，购些衣物粮油，还有寄稿子。来来去去的，山路颠簸，车轮胎常爆，后来改为半月一次出山进城。同时，学会了修理自行车，譬如补轮胎这事儿。还学会了在溪水边开垦荒地，分季种薯谷类杂粮。

来山中，一为读书写字，二为放任自己的疑世厌世情绪。之前十几年的寒窗，读尽了纸上的诗句。人到了山中，才真正地一脚跌进古诗里。空山新雨，月出东山，鸟鸣烟岚。还有更久远的白茅、葛藤、车前草……一一从古诗里闪身出来，在脚边来去，在山风里先民一般稚拙地舞着。

一日，读书乏了，山野间信步走了千百米远。石崖上，溪水头，得了不少野菜。没有篮子，于是牵起衣襟，一路抱回家。自此，餐桌上日渐丰盛，溪水边照自己，那脸庞也日渐丰润。后来又遇着了一棵野葛，看那粗壮的藤和藤间搭起的野巢，猜它足有百十来年，捋起袖子，从午后刨到日西时分，得几大截肥硕的葛根。回去，洗净，剁碎，晒干，又得葛粉若干碗。这样逍遥，渐渐没了入世的心，也淡忘了那些惦记的人。

还有一次，往山深处走，山脚下，见一半月形的浅沼。日光下，明晃晃的，像小仙女遗落的梳妆镜。沼边稀疏地立着几竿芦苇，清瘦的叶，似蛾眉剑。旁边有枸杞碧绿的枝蔓，枝上星星点点满是淡紫的小花。一只蝴蝶在上面悠然地舞着，粉绿的翅上，绣着红的褐的斑点。这样寂寞的山中，哪来这样快乐的蝶呢！依稀朦胧间，仿佛灵魂出窍，它是从我心里飞出来的，是另一个会飞舞的我？在淡紫的花前，借一对飞翔的翅，我，和另一个灵动的我，对视。沼里的水，只两根手指深，水底铺着粗拙的石，看不见泥土，也没有游鱼。想起从人世里揣来的一句：水至清无鱼，人至圣无友。大寂寞都是这样吧，清澈，纯净，不借衬托，不寻依附。

一次朋友来了，带来了一株芭蕉苗。我植在窗前，两年下来，竟长成了茂盛的一窗绿意。早醒时，人在床上，看那一扇扇的芭蕉叶，恍惚间，便以为身在江南，身在蒙蒙细雨中，等一双绕梁的燕子。房前植芭蕉，山中的生活便添了分人世田园的亲切，少了些野趣。

没想到，就是这几株葱绿的芭蕉，让后面有了故事。

那一年，山中少有的干旱，溪水早干了，只剩蜿蜒的一截截河床，裸在太阳底下。我用房顶上的存水浇芭蕉，也打算水尽了，就借住到山脚下的山民家里。站在半山腰，远看那沼边的几竿芦苇，也已是枯了。在满山的枯黄面前，这几株芭蕉，便有抢眼的绿。也是午后，我在窗前写东西，　只野鹿，在芭蕉前来来回回地转悠，很疲乏的样子。我起身在窗前呵斥，它抬眼，寻找我的声音，我和它对视，那眼神，像干渴的沙漠。我想，大约是渴急了，以为绿芭蕉前有水呢。那几日，常见我泼在芭蕉边的废水旁，有奔跑的小松鼠在贪婪地舔，见了我，甚至顾不得慌张。于是放下笔，一手拿叉，一手拎着小半桶水出去。我当然怕它伤害我，人世间多的是农夫和蛇的故事。它见了我，向树丛里退，看着芭蕉，又停了停。我用手捧了一捧水，洒在地上，示意它，然后退到窗前。它走近，喝了两口，大约不放心，停下看我，见我依然待在远处，复又伸下头，一口气喝干，然后离去。有趣的是，第二天的午后，它又来了，依然芭蕉叶下，张望着，只是不再转悠，而是定定地站着，朝着我的窗子。我又拎出小半桶水，彼此默契，各自站着，只是我的手里不再捏一柄钢叉。如此反复，直到山间普降了一场暴雨。

我的房子翻修了一次。因为我怕蛇，而山中，每每雷雨之前，总是遍地是蛇，我怕它们爬进我的屋子里。我觉得，蛇是极其阴险可怖的。在世间，我远远避着那些不动声色、冷不防暗里咬你一口的人。在山间，我需要远远避的，是蛇。房顶上厚厚地铺了一层野蒿，底下的山民说，这野蒿的气味专驱蛇虫的。后来，屋子周围又栽种了一些。原来，身为人的恐惧无处不在。

没想到，久旱后，一连就是好几场的风暴，到底吹坏了门窗。央山下的山民帮着修，又赶上正农忙，看看已是开不了口，就想着：停几日吧，看天色，一几日不会有坏天气。于是窗户上暂糊上几张白纸。

一天夜里，窗里看书，蜡烛昏黄的光色里，竟看见窗外来来去去晃动着淡墨样的影子。然后是作作索索的声响，木窗子似乎被啃剥着，是爪子，是牙齿，夜恐怖而莫测。依我有限的经验判断：这是一只野兽，是我的烛光吸引了它，它看见了我，并且，要袭击我。想到这风暴之下已不甚牢固的窗，止不住一声惊叫。然后听见自己的悠长的回音，自夜的山谷四方徐徐传来，回音叠着回音，重回到我的身体里。想这样叫着也是无益，于是满屋子寻钢叉。窗外，传来一声野兽的嘶鸣，然后声音杂了些，仿佛有动物在交战，是一群，芭蕉叶扑啦啦地响，间杂着发狠似的撕咬声，约莫两个钟头，窗外安静。我胆战心惊，一夜无眠。

第二天早晨，我起得很迟，透过破损的窗户，看见一只尖嘴的灰狼躺在屋前，已不动弹。那只我喂过水的花鹿，身上沾满了血，站在窗前，像一位英雄的哨兵，看上去，疲惫而兴奋，它的身后，有十来只大小不等的鹿。我忽然明白了，昨夜，是这只野鹿，以及它身后的鹿群救了我！我慌忙打开门，奔出户外，那只鹿见了我，摆摆脑袋，很自豪的样子。难道，它一直就在我的窗前，在芭蕉叶下，夜夜守护我的烛光？是它听见了我的惊叫，然后一声嘶鸣，唤来了满山的鹿群？我感动！我震惊！却无以回报它们！只是回到屋里，再次拎来满满一桶水，放在芭蕉叶下。其实，这个时候，山中早下过几场雨了，这些鹿们，不渴。但是，领头的那只鹿俯下头去，喝了一口，看看我，看看身后的鹿。然后，它身后的那些鹿，一个接一个，走近桶边，喝完了我桶里的水。我眼含热泪，默默看着，像是在高台上亲临一场远古部落里的神圣庄严的结盟仪式。然后目送它们缓缓向深山走去，直到鹿群在视线里消失，直到深山那边遥遥传来暴雨般呼啸丛林间的蹄声。

这之后，我回到了山外的家里，回到人群里，并且，开始深深地爱着这个世界。我愿意相信：只要我一次又一次地付出，只要狠狠弃了我的戒备和疏离，我能够收获爱和信任，收获一个丰饶的人生。临走，房顶的水塔改建在地面上，依然引山泉，让它终年满着，倒映山中的百草，喂山间的每一个生灵。并且告诉我身边每一个人：在山中，我有一座房子，有一个家。

原先，计划这几年的山中笔记，合集出版，题为《世外人》。现在改了，就叫《世中友》吧。

（此文为记述某年某月某日的一个梦）

他们说，你已老去

她不是父母最疼爱的女儿。

她刚出世时，父亲只站在隔墙的走廊窗下，问一声男女，得知是女儿，没有进来看她，扛了锄头下田继续干活去。母亲流了泪，用被角实实捂着她的脸，不想要她了，是接生的婶婶一句骂，救了她一条小命。这些都是她长大后听善良的婶婶说的。

在她该入学的年龄，姐姐们正在攒着劲头儿读书，弟弟小，是父亲的心头肉，要人看护，于是她被留下了，角色像个苦命的丫鬟。她没上过正规的学校，只在弟弟大了已经上学后，晚上去过扫盲班，跟着秃头没娶上老婆的老民师学认了百十个汉字，以及简单的数学加减乘除，没耽误白天该干的活儿。

是啊，她从父母那里得到的太少，太少。虽然，她是父母最小的女儿，但，前面有四个姐姐，后面有一个弟弟。她是一朵黄花开到枝梢头，最后出场，众人已经意兴阑珊，不肯再欢喜眷顾。

她是十八岁那年离家的，是逃离，被沉重的农活和凶悍的父亲逼得逃离。

那年五月，她跟着父母顶着烈日在田头砍小麦，弓腰埋头在麦丛里，汗水湿透了褂子，刚直起腰来想吹一点风来理理，被父亲一眼瞥见，粗暴砸来一阵骂。父亲骂她懒，父亲的骂声隔壁田里砍小麦的邻居都能听见，她红着又热又臊的脸，低头砍，累断了腰都不敢抬头。也是那年砍小麦后，麦子一担担往家里挑，她月经来了，小半天人在田里，裤子又湿又粘，以致挑小麦的时候步子艰难。父亲看她远远跟在后面，放下担子站在高处破口骂起来，母亲没作声。父亲大约觉得骂得还不够，远远奔过来，凶神恶煞一般，一巴掌啪地甩在她脑门上，她在路人纷纷扫过来的奇怪目光下，低头流着泪继续挑起麦子往家赶。那一刻，她心里发了誓，无论如何都要离开家，死也要死在外面。

她是跟着一个男孩子外出打工去了，背着大嗓门的父亲和也没多少温软好话的母亲偷偷走的。她后来嫁给了那个男孩子，她嫁得并不好，她像一个被众猎人围猎的兔子，单能寻到一个可以突围的口子，都是不惜一切不计后果去狂奔上路的。

她结了婚，生了孩子，成为贫穷的小母亲，但是不曾想过低头去见自己的父母。甚至艰难到生第二个孩子坐月子时买不起两斤红糖来吃，她也是硬撑着，不去已经殷实的父母那里讨得一些接济。她觉得自己终于强大到可以和父亲对峙，她再也不是从前那头干着苦活累活却默默不敢语的女儿了。

她在外打工十几年，终于翻了身，买了房，还了债，住在离父母不上一百里的小县城里。苦尽甘来，自己已近中年，她还是没有回过一次娘家。她想，那样要面子的父亲一定恨透了她，五个女儿，前面四个都是三媒六证风光体面嫁出去的，只有她，是跟了一个穷小子私奔走的。她能想象，暴躁要强的父亲，面对她空空的房间，兼以听一些风言风语，当年该是怎样的尴尬和愤怒。她甚至想到当年她走后，那么多的农活，除了母亲，还有谁帮他分担，其实那年父亲已经有五十多岁了呀。

现在父亲已经有六十多岁了，父亲比她大三十三岁，她掐指算过。想起父亲六十岁生日时，她在自己小家的厨房洗碗，面对一池子的白沫沫，心里想到父亲，咯噔了一下。人就是这样不争气，时间一长，从前受的苦遭的骂都一点淡去忘去，所想起来的就是，自己是他的女儿！

如果不是父亲得了胃癌，她不知道自己会不会推迟回去看父亲，或者依然在惭愧中惦记父亲，而执手相见却遥遥无期。那一次家里要请客吃饭，她去县城的中心大菜市去买菜，那里品种多，菜又新鲜，虽然稍贵。卖芹菜的阿姨是娘家那个镇子上的，看见她，将手一把扣在她肩上，问她回过娘家没有。她摇头笑笑，心里想，自己当年干出的事，至今还被人记得，还知道她因此多年不回娘家。卖芹菜的阿姨说：回去看看吧，你父亲，他已经老了，身体也不是很好……

她远远看见自己家的青砖瓦房，阳光明晃晃照在屋顶的瓦上，场地上的柿子树已经挂起了一盏盏红灯笼，还跟从前差不多。她觉得她的心就快要炸裂飞出来了，像五月里田头的豌豆，成熟的豆荚在太阳的暴晒下，响亮裂开，里面的豆子嘭地炸出来。她的心比她的脚步跑得要快，提前回到挂满灯笼的柿子树下。

父亲躺在堂屋的竹躺椅上，是秋天，躺椅上铺了被子，被子上的牡丹孔雀图案一看就知是自己当年盖过的。她站在门口站了好一会儿，说不出话，只觉得有太多的话语交通堵塞一样堵在喉咙口。父亲大约从地上的影子感觉出门口来了人，抬起眼来，怔住了，她低下头，泪水砸在脚尖上。“小丫头——小丫头回来了！”父亲扭头朝里喊，像个激动的孩子，母亲从厨房出来，手上的菜刀似乎已经来不及放，也都跟着提出来了，还沾着菜屑在上面。她低着头走到父亲的躺椅边，泪水依然在掉，母亲端过一把小椅子过来。

“爸爸——”她哽咽着叫道。父亲伸过手来，拉她坐下来，笑着用躺椅边的干毛巾替她擦泪，她的泪水反而出来得更快了。她终于抬起脸看父亲，从前高粱一样红而黝黑的脸，现在秋雾一样的浮着层灰白色。头发比从前的短，也比从前稀，也是灰白的。父亲微笑着的脸扯起一道道褶来，像她当年跟在父亲后面用锄头拉出的山芋垄，一道道山芋垄，一点不齐整。父亲被她看得似乎不好意思，像个羞涩顽皮的孩子，再次笑起来。

“怎么回来了？”父亲似乎忽然想起来，问道，“没遇到什么事吧？”父亲面对她突然回来，似乎不放心，又补一句。她抓过父亲的手，贴在脸上，哽咽着说：“他们说，他们说，你已经老了……没想到，你头发真的白了这么多！”说到后面，她抽泣起来，觉得有无限委屈。不是为自己受过的苦而委屈，而是，岁月与生活让她的父亲这样苍老令她感到委屈，她觉得她和父亲一起被岁月欺负了。

父亲伸过另一只手来，在她头上轻轻拍了拍，安慰她。父亲是老了！换作从前，这么迟回家，早该是巴掌上头的，但是现在，父亲似乎没有力气再来打人，他只这样与她用缓慢的语调轻轻说着话，轻轻拍着她的头发，哄小孩子入睡一样。

后来，母亲悄悄把她拉进厨房，母亲贴在她耳边悄悄告诉她，父亲得了胃癌，准备过几天就去住院做手术。她借着帮母亲烧柴煮饭的理由，坐在灶间，让灶膛里的火将脸上的泪水一层层烘干，然后出来陪父亲吃饭。父亲给她夹菜，几十年，这是第一次给她夹菜。父亲夹菜的手似乎有一点点颤抖，是的，父亲老了，病着。无限惭愧涌上心头。

无数次，她在心里设想，再回来，父亲一定像只咆哮的狮子，巴掌一阵阵上头，外加扫帚跟后面打来，将她彻底扫地出门。现在不是。父亲像个谦恭的臣子，不，更像个失败者，她和父亲之间这场旷日持久的战争，她最后胜利了，她得到父亲诚挚的欢迎，而父亲，则又老又病。父亲在衰老和疾病面前，终于缴械投降，成为失败者，成为她慈善的父亲。可是，她没有一点作为胜利者的得意与窃喜，有的，只是作为女儿的悲伤与惭愧。

在手术前的那个晚上，所有儿女围在父亲床前。父亲再次将她拉在身边坐下，父亲的眼里含了泪，他说：所有的儿女中，父亲最对不起你了，你读书最少，干的活最多，也被我打得最多，而我连一副嫁妆也没有给你……我在心里跟自己犟了十几年，没有放出口风让你回家，害得你一直不敢回来。她又泪水掉下来，父亲不提她是个“叛徒”，不提她当年跟人私奔让他丢尽颜面，父亲已经原谅她了。父亲看看围在床边的姐姐们和弟弟，说：你们不管是比小丫头小的，还是比小丫头大的，不管我在不在，从今往后，你们都要照顾她！显然，父亲是在交代后事，他怕自己闯不过手术这一关，她是父亲最后放不下的一个孩子。

好在上天眷顾慈善之人，父亲手术后，还活了六七年，她一直陪伴左右。

在父亲最后的几年时光里，她成了父亲真正意义上的小女儿，眼里心里都疼着的小女儿。

江水微茫

用广口小底的玻璃杯喝水，如对江水涣涣。宽广的水，汹涌在唇边。

用这样的杯子盛水，放至微凉，里面加蜂蜜，再调上两汤匙的玫瑰花酱，水与蜜与花酱交融，其味微甜微涩，至微茫。

喝自制的蜂蜜玫瑰水时，喜欢把邓丽君的《在水一方》和民乐《春江花月夜》同时点开来听，邓丽君的声音像腌制玫瑰，《春江花月夜》是兑水化开的浩浩荡荡的蜂蜜水。这两种音乐放在一起混听，起先，浮起来的是邓丽君的清甜与芬芳；后来，在间奏处，邓丽君的声音薄雾似的散去，接着浮上来的是《春江花月夜》里无边的江水与月色；最后，邓丽君的“有位佳人，在水—— 一方——”且咏且叹走向尾声，余音颤颤不尽。

三十多年前，我还在一个江边小镇，正是一个懵懂孩童，没听过邓丽君，也没听过《春江花月夜》。在乡下桃花杏花花开灼灼的春夜，我睡在外婆的简陋木床上，身后是姨娘温软犹带甜香的怀抱。姨娘一句一句教我唱《回娘家》，那是黑白电视机里唱出来的春晚歌曲。我有口无心地跟着学唱，耳边却听到江上轮船的“嘟——嘟——”鸣笛声，心上仿佛也有一片迷蒙江水在月色里荡荡铺开。我知道，那是轮船靠岸了，停靠在江对岸那座古老的小镇——荻港镇。

父亲每年冬天从安庆回来，会坐这样的轮船，沿江而下，然后在荻港下船，再改乘小渡船过江回到我们的江北小镇。父亲到家时，常常已入夜。每年春天，父亲又会乘坐这样的轮船，沿着水路而上，去往安庆。那时，年幼如我，并不谙离别的轻愁，只期待那微茫的水路有一天也会铺到我的脚尖。

我隐约是向往远方的。我的心儿被那夜夜响在枕畔的轮船汽笛声给撑开了，撑得一座村庄已填不满稚嫩的内心。

春光和煦的白日，姨娘牵着我的手，带我去江边看大轮船。那远远漂在水上的轮船，像一座座层层叠叠的水上的宫殿，全不似我家屋后长宁河上柳叶似的小木船儿。

我想，那样的船里，一定坐着许多个父亲。许多个父亲坐在宫殿似的移动的房子里，去往远方。许多个父亲在远方，过着远远不同于固守小镇的人们那日日庸常的生活吧？

许多年后，我追随梦想，也去往远方。我乘坐高铁，一次又一次，从晨气迷蒙的江边小镇出发，就像当年父亲一样。

远方真是个甜蜜的诱惑。我成了奔赴远方的客。

可是，走着走着，我像是走不动了。我像是开始眷恋河岸，而不是追随远方的流水了……

人到中年，垂眉自顾，是扑扑风尘在肩。如今再听邓丽君的《在水一方》，竟不觉那是一首情歌，而是一首追梦者吟唱在路上的歌谣。梦想是在水一方若即若离的佳人，是甜而微涩的玫瑰酱。高铁载着我抵达一座喧嚣的城市，我融入其中，恍惚以为自己筑梦完成。可是，人间的路哪有终点？很快，我就发现，自己又得启程，开始新的求索。

马致远在《天净沙 · 秋思》里写道 ：“夕阳西下，断肠人在天涯。”今夕人在天涯，在远山之下，明日呢，明日又在远山的远山之外。行路的人，只要一口气还在，翌日天明，又得上路，哪怕马儿更瘦，哪怕西风吹拂更短更薄的白发。

而每次回到小镇，站在幼时看轮船的江堤上，看大江两岸柳绿草青，看江水里河豚逐浪嬉戏，看夕阳在江面铺上万顷颤抖的余霞……每每此时，内心总会情不自禁生出不知何去何从的茫然。

是选择终老于斯、与大江为邻？做一只搁浅的小船，从此停靠在故园的小河边，“野渡无人舟自横”地荒荒而又自在地过下去，过完余生。

还是做一条昂扬远去的轮船，驮着梦想，驮着忧伤，一个渡口又一个渡口地追寻下去，不问终点？

也许，人生本就是一道无解的难题。

所以，尘世间有那么的游子，他们一边怀恋着故园里那“春江花月夜”一般辽阔悠扬宁静的世俗日常生活，一边又神往着“在水一方”里的佳人。他们过着《在水一方》和《春江花月夜》混搭的生活。

他们在追梦的路上暗自沉吟、太息、怅然。因为逆流而上，道路远长 ；顺流而下，所求依旧在水中央。

在为客的异乡，我为自己调制一杯微凉的玫瑰蜂蜜水。举杯慢品，只觉一只广口小底的透明杯子，盛的是烟波澹澹的乡愁。微甜微涩微茫的乡愁啊。

给自己的信

亲爱的：

我明年48岁了。正是热气腾腾的中年。

中年看似骨骼高耸胸肌发达，有挥霍无度的力气，来承接工作、家务、迎来送往、一家老小衣食，以及自己小小的生活志趣。中年人的疆域似乎很辽阔，可以横跨家里家外，往哪里一站，似乎都是高峰。

可是，中年也开始迎接“难”了。读书难了，今年发现自己眼睛开始老花，看书再也不能像从前可以酣畅淋漓地一读半天不抬头。现在读书不上两个小时，眼前就开始云遮雾罩。闭眼休息的那刻，我感到悲哀，一叶知秋，我知道此生余下的路也一定不会如我所愿那么漫漫修远。就像眼睛会看不动了，有一天，腿也会走不动，手会写不动，心会想不动。是的，我会搁浅，成为不再远航的驳船。

女人一老，什么都是不对。这是我写在小说里的一句，倒不是愤然，只是清醒。

我吃饭不对。幼时吃饭，要看父母眼色，唯恐落下饭粒被大人训斥。如今吃饭，我要看自己眼色，仿佛一捧碗，就从身体里分离出一个理性的自己，站在对面监视：还吃还吃，敢上电子秤一站吗？那停留在肉身里的另一个物质的我还想辩解：从前也是这样吃饭的，为何就不胖呢！

长相也不对了。看人家小女孩，是越长越可人。可是我呢，再不敢素颜，全靠脂粉来掩耳盗铃。夏天最怕乘电梯，狭小空间一焐一蒸，花容失色，全露馅。每遇此，只想扶墙痛哭，我还不曾改了名姓，为何容颜就改了呢。一日日，脸上斑点、眼梢皱纹，还有皮肤色泽暗黄、质地粗糙……这些这些，像逃荒来的亲戚，在家门口越聚越多，是断然送不走的。

穿衣自然也不对。明明还有少女心，可是，衣服一上身，全是中年大妈的味儿——好像每天都穿错了衣服，可是又找不到那件真理一般正确的衣。

也有睡觉不对的。我一闺蜜告诉我，某夜她忽然发现自己被自己的呼噜吵醒。这真是惊恐无比的事。我害怕这一日的来临。

人到中年，每一日，坐卧行走，吃饭睡觉，都像是在犯错误。羞惭、惶恐……每一日起床，都想先跟这个世界说声对不起。

是的，今年我报考了研究生，你一定以为我足够勇敢，足够志向远大，在40多岁的年纪跨进考场。其实，这于我，不过是一场迁徙或逃离。

一个40多岁的女人，吃不能吃，穿不能穿，你告诉我，这样每况愈下的中年女人，除了迁徙到读书班里藏藏，还能怎样。

当然，这是一场孤独的迁徙。在许多个阳光灿烂适宜出城放风的日子，中年的我，蓬头垢面，龟缩书房学英语。记性差了，远比不得年轻时的过目不忘。3000多个单词，全靠抄写来加深记忆。无数回想放弃，想把蚂蚁密布一样的英语试卷狠狠砸到垃圾桶，然后“哼”一声拂袖而去，又无数回劝自己：不读书还能干什么呢？谈恋爱你还能谈得动吗？当拿到录取通知书的那刻，心里只是一片平静。是的，没有狂喜。如果换作 20 年前，一定不是这样。

亲爱的，我一定要跟你分享我的湖居感受。这感受可用两个字概括，就是“失重”。

以前住在城区，下班一迟，就会错过夕阳，大面积的绿植更是遇得少。人跟大自然亲近少了，就有失水之感，日子越过越觉得肉身沉重。去年夏天搬到巢湖边，每日晚饭后，步行几分钟到湖边，一个人或两个人坐在湖边的长椅上，湖风习习拂面而来，只觉人世当温柔以待。人在江河面前，会不自觉地卸掉世俗生活里的负累，心会变得宏阔又轻盈。举目看湖水澹澹一碧万顷，深感人若尘沙草芥，世间所遇诸般不平事和不善人，皆可原谅。

所以，我常常在湖边漫步给心减重。如果说，苍老如一场持续的沙尘暴，要将我一寸寸淹没，我唯一能与之抗衡的，便是让自己始终保持内心的轻盈。

亲爱的，我从来没有问过你是否用心爱我，因为我常常忙得忘记“我”。

这一年的湖居生活中，常常在黛蓝色的夜色里，在静寂的湖边，我像一块冻土缓缓柔软。而彼时，我想轻轻地对你说：人间仓促，独一无二的我，是值得你细细去爱呀。

甜　头

春天，其实也是我的一双老父母的春天。

2023 年，春打五九尾，寒气收去，春光渐近，年轻人多在计划着出游的事——似乎春天只是年轻人的春天。坐在办公室里，想起我那身在小镇的一双老父母。我知道，他们其实也想出远门转转，做做客人，做做游人。三年了，三年间出门扫各种码对于年老的他们委实不便，所以三年间他们几乎没出过小镇。

二十多年前，我喜欢在窗边挂个风铃，我爱听立春渐近时微软微凉的风摇响风铃，似乎那铃声是来自远方的呼唤，来自春天的呼唤，唤我去地平线尽头那青枝嫩叶花朵层叠的远方。如今，人到中年，面对我的一双老父母，“我要去远方”的愿望已经慢慢变成“我带你们去远方”。是的，今年，我的愿望是，一定要带父母出去转转。睡睡酒店的床，吃吃别处的特色菜肴，看看异地的山水草木，听听他们听不懂的外省方言，对于他们都是新奇，都是一种生命得到拓展的幸福。

时间过得快。自然，父母也老得快。细数父母还能跑得动、还能跟我出远门的年头，是多么有限，所以要抓紧使用。

2022 年 9 月我出门读书，一读几个月，未回家看父母。临近期末时，某日在课间凝望窗外的银杏树梢，看它们已从开学时的碧绿变为彼时的金黄杂着枯黄，忽想起几千里之外的我的父母。遥想父亲一定守在弟弟开的小店门口，帮着收账，或者开着他的带后箱的蓝色电动三轮车，给厂里送货。母亲一定在油烟腾腾的厨房烧菜，或者伴着我的牙牙学语的三岁小侄女……我临出门读书时，跟他们叮嘱：你们一定要照顾好自己，千万不要出问题。叮嘱完毕，又补一句貌似恐吓的话：假如你们出问题，要知道疫情期间，我未必能方便回来照顾你们。父亲话不多，只嗯嗯笑着点头，母亲则笑话我说话越来越啰嗦。

当我坐在大学课堂里安静听课，一瞬间想到父母，心想：我的一双老父母真听话呀，他们真的好乖！读书几个月，我没听到过一次关于他们的不好消息。他们用他们的健康平安，成全着我中年再进大学校门。我曾跟他们许诺：等我上完学，没有疫情了，我就带你们出去玩。前提是，你们一定要保护好自己的身体，不然到时跑不动的。我知道，他们在老家，像小学生等着下课一样，安静又满心期盼着等我上完学，等树上的叶子绿过，再黄了，再绿了，等我一年学习的结束……

前天晚上，母亲嘘嘘跟我诉着一件她不愉快的事。我听她说完，简单安慰过，然后撂一句甜头，道：今年暑假一到，我就带你们出去玩。你们没坐过飞机，到时我带你们坐飞机，可好？母亲立时笑了，她的脸像薄冰的湖面，瞬间在煦日暖风之下荡漾起温柔的波纹。

同样的计划，我跟父亲说时，父亲起先怕我花钱，便说不去。我探身贴到他耳边，故作悄悄状，说：今年我有几本书出来，我用稿费带你们出去玩。父亲满足一笑，不再推辞。

春日许愿，我的愿望，就是希望父母安康，然后在一个风日皆好的日子，能成功实施我的计划，带他们出去玩玩。人老了，难免老得寂寞无聊，带他们出游，这是我能做到的给他们枯燥无聊的老年生活拌入的一点甜头。如此，一年伊始，十万里春光也与我容颜苍老的父母有关了。

剩下的夜晚和白天

1

那个深秋的晚上，我躺在二妈家的床上，想着我的奶奶。想着奶奶的时候，像有春雨、夏雨、秋雨、冬雨一时全部落下来了，带着各种温度和姿势，凌乱湿在心上。

二妈的梳妆桌上方，那只圆溜溜的灯泡正散发出柔而黄的灯光，又叫人想起热气腾腾的灶台和锅里的食物。我想起记忆里那些日色昏黄的黄昏，奶奶坐在灶膛边烧柴，她的脸上铺满柴禾燃烧发出的玉米黄的光。从前的那些黄昏，都是奶奶的黄昏。她从厨房走出来，将碗儿碟儿端到餐桌上，我站在餐桌边，嗅见她灰色、黑色、藏蓝色的衣服上，还有她脑后灰白的发髻上，从来都飘散着柴草燃烧所余留的焦香。然后，门外天色渐深，也像她的衣裳，从灰色、藏蓝色到黑色……

可是，在这个夜晚，我的奶奶，她将像一个客人一样来到我们的家，短暂停留。

在我的家乡，丧殡习俗里还有一个迎接逝者“头七回家”的传统。

失去至亲的巨大悲伤随着棺木入土，不能控制地攀升到情绪的顶点，然后，坟茔垒起，像一个微型的山脉，白色孝衣脱下，丧事算是完毕。父亲和姑妈他们终于在疲惫和悲痛中坠落，坠落进忽然找不见奶奶的沉默里。我们沉默，沉默等待。我们终于迎来奶奶的“头七回家”。

我们还需要一场温柔的告别。

这一日，父母亲早早准备好迎接奶奶“回家”的一应物事。二伯和父亲下午就在扎梯子。他们从河边砍了一小捆还没枯透的芦苇，扛回到门前的场地上，我和弟弟，还有堂哥帮着摘去芦苇叶子。二伯选了几根粗壮而长的芦苇，并排做帮，父亲将另外一些芦苇裁断，作为横穿在两个帮之间的搭子。他裁了一小捆，然后数。据说梯子有多少搭子，是根据奶奶的岁数决定。奶奶 62 岁去世，二伯和父亲用稻草为榫卯，扎了 64 个搭子，因为要在岁数的基础上，再加上代表天和地的两个搭子。扎好的芦苇梯子并不重，我们小孩子轻易都能搬动。如果不是为了迎接奶奶，迎接一个必须肃穆凝重的时刻，那个芦苇扎成的梯子该是我们多好的玩具。

父亲扎芦苇梯子时，神色平静，动作舒缓。这样的时刻，仿佛一条大河穿过浪花奔腾的峡谷，此时静水流深，河面宽阔无垠。暮色自门前的许家塘对面的田野上漫卷过来，我们小小的临水村庄像一幅卷轴一样，被卷进了幽暗的天光里。雀鸟归巢，鸡鸭也进窝了，猪被早早喂过也乖乖躺在猪圈里不再哼哼或嚎叫……村庄铺开一片黑缎一样安静的夜色，好让我们迎接这个刚刚变换了身份的客人。

奶奶喂过的那条未取名字的白狗也浪荡回来了，它半卧在屋檐下，和我们几个小孩子一样好奇，怔怔看着我父亲和二伯他们将芦苇扎的梯子扶起来，靠到屋檐旁。黑猫在屋顶的黑瓦上悠然独步，来来回回，好像也在等待着什么。

那芦苇梯子是给奶奶爬的吗？我心里惶惑不已，又不敢问父亲，唯恐打破了这有些神秘的寂静之夜。如果是给奶奶爬的，那奶奶的身子该有多轻呀。奶奶成为没有重量的奶奶了，像河边的芦花一样轻，像她曾经燃起过无数次的炊烟一样轻，像夜晚的风一样轻……可是，奶奶要爬这么轻的芦苇梯子上屋顶去干什么呢？爬高上低那样的事，除了我家的猫爱干，便是我们这帮不安分的孩子爱干了。奶奶是大人，大人应该是不爱游戏的。

母亲捧着一个陶质煨汤的罐子，那里面晃荡着一个煮熟的鸡蛋，这我知道。这个鸡蛋将在这一夜被胆大的孩子“偷吃”掉。母亲将陶罐放在门前的场地上，且靠近静寂无人的许家塘边。我看看母亲手里的陶罐，心里又想起奶奶。这么些年，家里的饭是奶奶做的，灶膛里的火是奶奶添柴烧的，陶罐里的汤也都是奶奶煨出来的……奶奶像是一个神奇的裁缝，在我们家，每一个白天是奶奶打开裁剪的，每一个夜晚也是奶奶缝好折叠起来的。而那个黑色的陶罐，似乎是专属于奶奶的生活工具，那弧形的提手上，覆盖了多少层奶奶的汗渍和她烧柴产生的草木灰呀。

现在，奶奶把她最常用的劳动工具丢下了。丢给我们，丢给这个夜晚，用来完成一件神秘的事情。

母亲放好陶罐，望望我们这群馋嘴的孩子，叮嘱道：现在还不能“偷”啊，要等天黑尽，等外面都没人了，才能去“偷”。我和堂姐是女孩子，自然不敢在这个夜晚去“偷吃”，我们只安心等待天色黑尽，只是好奇着今夜奶奶将以怎样的方式回到这个她已经离开了七天的家。倒是几个堂哥和弟弟望着那个小小的老旧的陶罐，神色里有藏不住的暗喜和期待。

这一晚没有月色，远方的田野黑得更结实了。几点暗淡的星光下，近处的许家塘水面上，一片片黛色的波光摇荡，仿佛来自遥远的另一个世界。弥散的水汽里含着辽远的沁凉之感，它和着夜色，将门前场地上的梧桐、草垛、猪圈都笼进了蒙蒙的夜色里。田野黑了，乡路黑了，路上的人影黑了，场地上那个藏了熟鸡蛋的陶罐黑成一个抽象的符号，几乎不可寻了。

这浓黑的夜色也像要把我们小孩子收进去，收进黑暗里，我们隐隐害怕起来。我们在大门口跑进跑出的，不知道自己怀的到底是怎样的心情，有期待，有恐惧，有好奇，有焦急……屋子里，油灯已经点亮，灯光低矮淡薄，柔软地撑着堂屋——我们的房子仿佛小如贝壳。这一晚，大人们不点电灯，房子不能太亮。这一晚，油灯是个驿站。在代代相传的传说里，这一晚，奶奶的魂魄将会借助灯光的明暗来告诉我们她的回家与离去。

姑妈、姑父，还有伯父、伯母，他们伴着父亲坐在堂屋里，坐在柔软稀薄的灯光里，像一粒粒豆子包在豆衣里。他们沉浸在回忆里，三句两句，说着关于奶奶生前的旧事。他们说着说着，眼睛被灯光照得亮晶晶的。但他们都没有哭，他们说着说着，又轻轻笑起来，仿佛是自我安慰，又像是自我解嘲。还记得，奶奶棺木入土时，姑妈仆倒在泥地上，嘶哑的声音喊不出一个完整的句子，她像是一串玻璃珠子断了线，掉地上碎了，四五个人都捡拾不起来一个完整的姑妈。可是，在这一晚，大悲大恸显然已经是不恰当的情绪表达。他们轻言轻语，慢话家常，节制着情绪。他们从回忆里缓缓牵出一条长长的驿路来，他们沿着这条驿路，远远迎候奶奶的到来。他们望望门外的夜色，又望望堂屋里的灯光，仿佛掐指计算奶奶进屋的时辰。

门外，偶尔有风吹树叶的声音，簌簌的，像下雨，又像什么人在私语。在南方的深秋，树上的叶子已经在凋落，却还未凋尽，夜色里，那些伶仃的叶子大约正在相互告别，谆谆嘱托着什么。风吹得木门发出轻轻的吱呀之声。风吹进屋来，吹得我的脸微凉，吹得油灯的光焰弯了弯腰，吹得墙上的人影子淡了又浓了……

母亲从灶膛里掏出一簸箕的草木灰来，父亲起身接过，在门槛内的地上均匀铺上，等待奶奶回家在那草木灰上留下脚印。姑妈也蹲身在侧，帮父亲铺灰，他们像在铺红毯，我无端觉得夜色和灯光都万分隆重起来。大人们说，奶奶属虎，到时候他们会看到老虎的脚印印在灰上。这个晚上，他们看不到奶奶，但是他们可以据此判断奶奶回家了。许多年后，我才想起来，我们那里是江北平原，湖泊众多，单没有山脉丘陵，父亲他们一辈子没有见过老虎，又哪里见识过老虎的脚印呢。也许，夜风在铺得平整均匀的草木灰上吹出来任何一种形状的图案，都可以被当作老虎的脚印，都可以证明，奶奶已经回了家门。他们相信，有一场看不见身影的重逢，在此时此地，他们全凭情意抵达，完成问候和嘱托。

父亲在门口铺灰时，母亲便开始驱赶我和弟弟，她怕我们跑进跑出，怕我们踩坏了铺好的草木灰，更怕我们乱纷纷的身影惊了奶奶。弟弟跟着堂哥先去了大妈家，我被母亲牵到了房下二妈家，这个晚上还被安顿在二妈家过夜。我心里也想在二妈家过夜，无论如何，这个晚上莫名让我害怕。似乎我的奶奶已经不再是我的奶奶，她有了另外的身份，她成了客人，在我家待一会儿就走，她从此与我们开始走向陌生。

2

我侧卧着身子，眼睛向着灯光。靠近灯光，令人心安，人和昆虫一样，都具有趋光性。电灯黄晕的光色在室内弥漫，让我又想起厨房，想起食物，想起奶奶煮的南瓜粑粑汤。那一年，我家的菜园里结了一个奇大的南瓜，奶奶牵了我一道去摘，篮子放不下，奶奶双手抱着，我也喜滋滋跟着搭把手，跟奶奶一起抱南瓜。南瓜抱回家，过秤一称，二十多斤。那是奶奶种出来的南瓜，她分外高兴，仿佛一个超大的南瓜也可以寓意着家宅的好运。奶奶切了南瓜，又拌了米面，做了一大锅的南瓜粑粑汤，我吃到撑。那黄澄澄的南瓜汤，冒着白气，多像此时梳妆桌上的灯光呀。但是，我知道，奶奶再也不会做南瓜粑粑汤给我们一家人吃了。是的，再也不会。以后的菜园里，即便结上再大的南瓜，奶奶都不会去摘了。奶奶变得看不见，奶奶的身子变得比芦苇还轻，奶奶是客人……奶奶过了今夜，不再回来。

我躺在二妈的床上，躺在一个夜色席卷不到的光明地带，不再那么害怕，只是心里起了层层叠叠的思念和叹息。

这夜晚，和以后所有的夜晚与白天，都是奶奶过剩下的了。就像奶奶没有干完的活，我们接着去干；就像奶奶没有摘完的南瓜，以后我们去摘；就像，这样的灯下，奶奶没有纳完的鞋底，就这么放下了……以后所有的夜晚和白天，我们要自己去过了。

我听到窗外的黑暗中有窃窃的说话声，有急速的脚步声。我知道，不是奶奶。奶奶是轻的了。我知道，一定是堂哥和弟弟，是他们在“偷”鸡蛋吃。一天前，母亲已经怂恿弟弟在这一晚去“偷”蛋。母亲说，“偷”了这样的蛋吃，以后胆子就大了。男孩子嘛，大人总期望他是个胆大的人。我也知道，男孩子长大，不仅是要长个子，要读书长知识，还要长胆。有了胆，他才是一个粗壮结实的男人。弟弟起初似乎不太愿意去“偷”蛋，虽然他很想吃那鸡蛋，但是他模糊听得我们的奶奶已经变成看不见的鬼魂时，他感到害怕。又想想，那鸡蛋放在小口的陶罐里，万一伸手进去，摸到了蛋，可是手抽不回来了怎么办。那么黑的夜，而且不知道奶奶在哪一片黑暗里观望他“偷”蛋。堂哥他们当然也想吃蛋，更想“偷”蛋，但是他们的手掌更大，就算手能伸进陶罐里，一旦拿了蛋，是肯定抽不回来了。

我听见堂哥和弟弟在门外的屋檐下低声说笑，猜想他们一定合作成功，堂哥陪弟弟深入黑暗中，小心找到陶罐，万不能一不小心一脚将陶罐踢滚到许家塘里。堂哥陪了弟弟，自然，那“偷”来的鸡蛋是要分一口给堂哥的。他们在屋檐下，又喜又怕地吃着鸡蛋。堂哥在这一晚又长了一寸胆，弟弟更是。明天，弟弟一定会得到母亲的夸赞。

弟弟和堂哥吃了鸡蛋，然后推开二妈家的大门，去另一个房间玩去了。我听见二妈家堂屋的大挂钟嘀嗒嘀嗒走动的声音，心里好奇奶奶到家了没有。我仿佛看见父亲和姑妈，还有母亲和伯父、伯母围着一盏油灯静坐闲聊的情景，他们一边说话一边看着油灯，据说当油灯的光焰忽然低下去，低到接近熄灭，便说明奶奶已经到家。奶奶不能让家人看到她，奶奶要把油灯的光按下来，她要在半明半晦的光线里伸手，去摸家里的每一样物件。奶奶摸时，所有人静默无语，静默在黑暗中，静默在穿堂而过的夜风里，不打扰奶奶对这个家的每一寸触摸。他们认为，奶奶一定对这个家有万千留恋与不舍，就像他们对奶奶的思念和牵挂。当暗下去的灯光忽然抬起身子，重新撑高我们家那青砖砌就的平顶房子时，那表示奶奶已经转身，与他们无声告别。

奶奶回家来。奶奶表达完不舍。奶奶动身。奶奶今夜走了，这次真的远行，从此不再惦念。

从此，剩下的夜晚和白天，都是我们的了。

3

在一秒一秒相连的寂静里，我忽然听到了鞭炮声。我知道，是奶奶已经回家完毕，现在起身告辞了，父亲燃放鞭炮，表示隆重地相送。鞭炮一路响着，向西而去，落在小村西边的牛屋边停住。奶奶出村，父亲和姑妈他们送至此处，不再相送。他们和奶奶，彼此不见，在心里挥手，在心里叮嘱。

那个用芦苇扎的梯子，据说也要扛走，扔到牛屋边的小河里。还有那个陶罐，一样要扔掉。

我躺在床上，躺在明亮灯光的照拂里，听着送行的鞭炮声经过二妈家屋后。我心里想，奶奶沿着这条西去的路远走不归，她此刻知道我在二妈家睡着吗？她会路过这个点了电灯的明亮窗口边吗？她会想要悄悄探看我一眼吗？

我想起从前许多个夜晚，在这样明亮的电灯下，奶奶或者缝补衣服，或者纳着鞋底。特别是秋天，因为秋雨绵绵而受潮的棉花被父母连壳摘回家，一箩筐一箩筐积压在家里，等着细细去剥开和晾晒。奶奶白天要忙家务，剥这样的受潮棉花全靠晚上。奶奶坐在灯下，成了分割黑白的人。在她的竹制小椅边，地上一堆黑色是棉花受潮的壳，旁边一筐白色是新剥出来的棉花。这样的时候，我们都听奶奶话，帮奶奶打下手，清理一堆堆剥过的黑壳，抱走一坨坨新剥出来的棉花，晾开在芦荻编的席子上——棉花不能受潮，受潮一焐就会发黄，品相不好就价贱。

这样的时候，父亲和母亲也剥棉花，但是他们把灯下最好的位置给了奶奶。奶奶年纪最大，眼睛自然不如我正值盛年的父母。剥棉花的奶奶弯腰坐在灯下，周身披覆黄晕的灯光，像一粒已经灌浆完毕的结实的稻子。

现在，奶奶沉入无边的死亡之黑中，像被我们弃掉的棉花壳一样的潮湿的黑中。而我们，蓬勃活着，在阳光或灯光之下，在光明的世界，在像棉花一样蓬松而洁白的人世。奶奶和我们，就这样从此分居在黑白分明的两个地带。

第二天，我早上上学，路过小村西边的牛屋边，看到水上漂着那个芦苇扎成的梯子，眼睛莫名有些生疼。那个芦苇梯子卡在伸到水面的野蔷薇枝丛里，风吹不走，漂了许多时日。后来，大约是充当榫卯的稻草先行腐烂，那个芦苇梯子终于散了架，一截一截，四散漂荡，渐渐不见。而我们对奶奶的思念也化成了一块一块的时间片段、事件片段，叠到心底，埋到时间里。

许多年后，我想起那个芦苇的梯子，感慨生命恰如芦苇，脆弱易凋，可是又一茬一茬，春风吹又生，绵延恒久。有一回跟父亲提起那个芦苇梯子，我好奇地问父亲：奶奶爬上那个梯子要去屋顶干什么呢？

父亲笑说：那个梯子不是给奶奶爬的。

我一惊，更好奇了。

父亲又道：奶奶“头七回家”，不是孤身回家的，会有几个鬼魂陪同她回来。奶奶进家门，难免不舍，难免这里摸摸，那里看看，可是陪同的鬼魂会在门外催她，于是我们要扎一个梯子，供他们爬上爬下地玩。还有那个陶罐里放鸡蛋，也是让他们伸手进去摸，因为鸡蛋在罐子里滑动，又可以混混他们的时间……

啊，原来这样！我感叹不已。

果然奶奶已经是客。陪同她回家的另一个世界的人，已被父亲他们款待。我忽然发现，死别这样的大事，到了“头七回家”这个情节里，已经减重，有了一种童话般的轻盈和诙谐。我们心里通常所虚构和猜想的“鬼”是如此顽皮，如此贪玩，就像个孩子，他们像玩滑滑梯一样攀爬芦苇梯子，像捉鱼一样去捉陶罐里的鸡蛋。

也许，不是死亡变得轻了，是我们活着的人在慢慢放下死亡。既已死别，那么，接下来生的人还要向死而生，还要结实地生，把剩下的夜晚和白天填满，填成自己的疆土。生的人，懂得不能一直背负死别的沉重，他们相信在另一个世界里，故去的亲人将会再识新的友朋，结成旅伴，不再孤单。

好吧，你已不再孤单，我这边也且慢慢放下。

你来了。你是客人了。你从主人变成客人，我这边隆重以待。

可是，我们又多么理解奶奶作为一个新客人的心情，理解她的不舍，一如理解我们自己。所以用一种极具童话意味的爬梯子和摸鸡蛋来争取更长的时间，好让奶奶完成回望，完成告别……

4

办完奶奶的“头七”之后，奶奶的去世，终于被我们最后完整地确认。

这个世上，因为奶奶不再回来，所以永远没有奶奶了。

奶奶的坟离中学不远，直线距离大约只有几百米。上中学之后，我常常在上学或放学的时候稍稍绕点道，这样可以经过奶奶所在的那片坟地。奶奶的坟边，疏疏落落地还立有七八座坟，都是我们这个临水的小村里故去的老人。总计不到十座坟包的这片坟地，坐落在一片微微起伏的沙地上，坟茔之间有村人种植玉米、花生、红薯，还有苎麻、棉花之类。

我经过那片坟地，像经过另一片没有人声的村庄，心里并不害怕。我想，如果没有奶奶，我经过这里大约是会害怕的。我相信奶奶隐居在另一个世界里，依旧像庄稼地上的阳光一样慈祥，也像她坟前生长的那两棵槠树一样硬朗。奶奶和庄稼在一起，和草木在一起，依然温暖有力，可以保护孙辈，就像从前一样。

我每次路过那样的坟地，都会在心底轻轻喊一声奶奶。她不再像“头七回家”那样带给我隐约的恐惧，她从鬼魂又转变成了另一种温暖有力的存在。我路过坟地，我遥望奶奶，奶奶成为我暂时还不能完全理解的一处生命地标。

奶奶走后，我似乎无师自通地学会做很多家事，细想想，到底还是从前跟在奶奶身边默默学会的。我会缝补衣服，知道选择同色的棉线，将开了口的衣服从反面缝缀。从前奶奶缝好衣服后，会在线头处打结，然后贴过脸，用牙咬断线，这个我也会。我从前看奶奶用嘴咬线，总以为那衣服是甜的，针线是甜的，待我自己咬线，才知道全是为了省事。我会生火做饭，坐在灶膛后面烧柴，火光熏得满脸汗水，我用毛巾擦汗，竟然全是奶奶从前在灶膛后面擦汗的姿势——毛巾搭在脖子上，右手撩起毛巾一端，迅即在脸庞上抹上一圈，像拖着毛笔画个圆。每个周末，我会把家里的脏鞋拎到屋后的长河边去洗，我蹲身在水边的捶衣石上，常常引得路人好奇地观望。他们大约见惯了我奶奶在河边洗衣洗菜，可是现在，捶衣石上的那个老人换成了一个十三四岁的姑娘。

曾经，奶奶在河边洗衣，棒槌抡起，在空中划出一条条弧线。水花溅落，水面圈圈波纹荡向远方，奶奶嵌在河水温柔的皱纹里，她的背影散发着一种不可捉摸的永恒之美。我或坐或立在奶奶身后的石阶上，看水里的淡墨色倒影，一个奶奶和一个孙女，还有婆娑的榆树和柳树，我们一起水墨画似的贴在一个平面上，空间感被抽去。如今，我蹲在捶衣石上，一边洗鞋，一边好奇细看自己的倒影。如那些或熟悉或半生不熟的路人所言，我的脸长得真有些像奶奶。微微摇晃在水底的那个墨色的面孔，因为是倒影，皮肤的颜色和质地都消隐不可辨，只有面庞的形状显得分外突出：我的微呈鹅蛋的上半张脸的脸型、我的长额头和美人尖发际线，这些都是属于奶奶的生命遗留。我看着水底自己的倒影，像是在跟奶奶的一部分睹面相逢。我心里一惊：奶奶不曾完全消失。我和奶奶，像水边的那棵柳树，一根主枝已然枯萎，可是底部又生出相似的嫩芽，嫩芽长大，抽出相似的柔长枝条，伸展出相似的眉形叶子。我和奶奶，一荣一枯，可是依旧生长在一起。在生命的隐秘处，纹理相接。

我还在长。我长得更高了，手脚更勤快了，力气更大了，奶奶丢下的那些家务，我一一接手过来，配合妈妈打理家中日常。在没有奶奶的日子里，我们一家四口的日子过得照样起承转合地流畅。我像一棵树，越发茂盛，把奶奶凋枯之后豁出来的那片空间一点一点地填补。除了我，父亲也在填补，母亲和弟弟也在填补。这个没有奶奶的家，像一只船，在短暂的歪斜之后，大家慢慢调整各自的落脚点，开始向着远方沉稳而轻捷地行驶，并且不时掀起欢快的浪花，从容迎送着乡间的日出日落。

而我，随着长大，越来越发现自己的性格也那么酷似奶奶。奶奶乐观、刚强，不轻易流泪。我也一样，我喜欢在寒冷的冬天独自穿过旷野，一个人去学校，或者去陌生的地方。我喜欢触摸那些冰冷的坚硬的事物，我喜欢跟貌似强悍的外物进行对峙，我不怕，我更不娇气。我常常失败，常常感到遭受冷落，可是我只愿意一个人向隅而泣，让流出的泪水再一点点流回到心底去。我和奶奶一样，都是骨头很硬的人。

在我们那个溪水一样安静而活泼的小村，奶奶走后，她的妯娌、她的同辈的村人也相继走了，一茬一茬的生命荣枯在轻吟般的流水声里完成。如今年轻人多半外出，小村的主人变成了我父母这一辈人。在外谋食的我，偶尔回乡，在长长的河堤上会遇见三三两两已经老去的旧时村人。他们常常惊诧于我的容貌变化，欣喜于认出了我是谁谁家的女儿，但是，他们从来没有说过我是谁谁的孙女。虽然他们从前无数回路过我家的屋后，跟我的奶奶在榆树荫下拉过无数回家常，但他们想不起提我的奶奶了。不过三十来年，我的奶奶像水一样彻底从时间的缝隙里漏掉了。

不过几十年，一个人，就归于荒芜。

我不忍任其荒芜下去，仿佛她的荒芜，便是我的生命一部分在枯萎。我似乎总在寻找一个结盟，我对所有有关奶奶的信息比从前更加感兴趣。因为我知道，再过几十年，待父亲和姑妈这一辈故去，这个世上记得奶奶的，只有我这一辈了。再随着父辈和我这一辈将来的生命之树凋零，我的无名的奶奶将彻底归于零。包括欢欣，包括悲伤，统统归于零。

我开始喜欢跟父亲打听奶奶的旧事，从奶奶的童年，到她最后的“头七回家”。我和父亲以这样的方式阅读奶奶，仿佛在阅读我们自己的一部分生命。听父亲微笑述说奶奶的旧事时，仿佛奶奶还在我们的言语间生长，我们又成为一丛茂盛的植物部落。

每回老家，回小镇，我喜欢逛菜市场。因为在菜市场，我常常能遇见在那里卖菜的我的表姑——奶奶娘家那边的嫡亲侄女。她比我姑妈长得还要像我的奶奶，高鼻，大眼，牙齿整齐，爱笑，说话声音洪亮。而且，表姑六十上下，和我少时眼里的奶奶年纪仿佛。表姑爱种菜卖菜，也和我奶奶当年一样。每次路过表姑的摊位前，表姑总是一眼认出我，萝卜青菜，瓜类豆类，塞一大包给我。然后我们站着在嘈杂拥挤的菜市场里说一会儿话，说过她笑我也笑。我们都觉得亲切，大约我们都能在彼此的脸上找到我奶奶的影子。我暗暗问自己，我这样热衷去菜市场，内心隐隐盼着遇到表姑，是否也是一种迢迢的暗自寻访。奶奶从村庄里像水一样漏掉了，没有几人再记得她，她最后只是成为我们寥寥几个有着血缘联系的人内心的秘密，像方言一样，只被极少数人群所懂。

几十年后，当我不再寻访，当我也失去肉身重量，变得轻盈，那些和奶奶还尚有一点关联的夜晚与白天将彻底终结。可是，只要我还活着，就会和奶奶的一部分不断地相逢相认。人世便是这样辽阔，生命便是如此粗壮。

第二辑

爱情不来，我自盛开

爱情不来，我自盛开。

盛开成最饱满的状态。盛开得花枝招展。盛开，是自花传粉地盛开。但不自怜，不自惭，不自哀。

你没来，我也盛开。随时等待爱情的造访。自在。自若。等待温柔地进化，成为一个异花传粉的女人。等待他来，把爱情的花粉，播撒在亭亭的柱头之上，濡湿一颗渴望繁衍孕育的心。

春姑娘的痴情

木木从前和一个姑娘为邻。

姑娘在工厂上班，名叫春花。够土的名字。

为邻的并不只有春姑娘一人，还有许多野毛倒竖一般的单身汉，同住一排平房里。下雨天，一排平房的单身汉们就卧在某间从不锁门的屋子里打扑克。没有桌子的时候，就在床上打。抓牌抓得，抓破了好几床毯子。

吃饭和搞卫生对于单身汉们来说，从来都是史上最难解决的问题，令人头疼如埃及的金字塔是如何天衣无缝地衔接建成。

春姑娘于一群兽似的单身汉里，独独喜欢上木木。是默默喜欢，像田螺姑娘一样，在木木人不在屋子里时，她捡走了他堆在墙角的脏衣服和臭袜子。

她端着木木的脏衣服，一个人到井边去洗。洗得像绣花，好仔细，唯恐袖口和领子残有污渍。洗过站在大院子里晾。人生得娇小，有时踮着脚也够不着晾衣绳，只把脖子伸得像晾衣绳那么长。

春姑娘款款晾衣，晾了一两年，在所有人面前都不避。好像她一直就是这样一个贤惠勤劳的小妻子。

木木也真是，不打算娶人家就不要让人家洗衣服了嘛，老拿人家姑娘当驴使。

木木说：我是不让她洗啊，每次她来，我在房间里的时候，总要和她抢一番，抢不过她……

切，哪有男人抢不过女人。就装吧。做人不厚道。

是啊，你们不知道，抢到后来，你不让她洗，她就流眼泪……唉，只好让她洗去。

总有一天，姑娘会嫁人，嫁了人，木木就不用去抢自己的脏衣服了。

姑娘洗了好长时间的衣裳，她向全大院的人无声表白了，她喜欢木木。但是，姑娘却从未向木木直接表白过。因为天天见面，天天洗衣服，姑娘等木木先下手，说他喜欢她。

但是木木一直未说。

春姑娘等了两三年，家里人终于将她搬走，换了家工厂上班。而且，离得还有些远。

临走前的那个下午，春姑娘又来洗衣服了。她洗好衣服，晾好衣服，回到木木房间里，等木木。

木木回来了。春姑娘拿着一把尖刀走到木木跟前，什么话也不说。木木吓傻了，僵坐在凳子上，上身一寸寸往后仰。

雪亮的尖刀戳在木木的下巴上，但还没有戳进皮肤里去。只有尖刀金属的冰凉在皮肤表面蔓延，让木木的心脏吓得就要爆炸。

你想干什么？想干什么？干什么？木木惶急地问。

但春姑娘不答。春姑娘忽然流泪，流了一脸，然后放下尖刀，走了。

春姑娘临走，还是什么也没说。

多年后，木木跟我说起，依旧心有余悸。从那之后，他害怕一切尖锐的东西。不敢看切菜刀水果刀的刀刃，不敢看针和锥子之类最尖最细的那一头。

木木问我：她为什么拿刀对我？是想逼我娶她吗？没想到那么温柔贤惠的姑娘竟也有拿刀的时候。

你个呆子，她一定是超级心痛、心如刀绞啊！在一起都几年了，都还没能抱在一起，等她走了，她自知更难结成鸳鸯了。怎么不伤心！我敲了一下木木的脑袋，他脑袋瓜子比木乃伊还要死。

春姑娘走后，木木的衣服从此自己洗。

春姑娘在他乡上班，时时有信来，信里绵绵叙说她的新单位、新同事，然后，总是一个转折“但是”。但是，更想念在大院的时光，想念老同事。末了，总要问道：现在衣服是谁洗？

是我自己洗。木木回。

一封一封信来，木木起先是出于礼貌回了一封信。回信告诉春姑娘衣服是自己洗时，春姑娘读到，阵柔肠荡漾，觉得自己还有希望。于是，越发紧密地给木木写信，还甚至中途潜返过几回大院，来看木木。

“你真是，既是不打算娶人家，就不要招惹人家。以前放任人家给你洗衣服就不说了，后面更不该回信。”我再次敲了下木木的脑袋。

我心想，她都不在我身边了，肯定会认识新男朋友，我出于礼貌回几封信也没关系啊！再说，我始终没跟她谈恋爱呀！

人家春姑娘可不这样想。她觉得你和他在通信，你们就是在朝着恋爱的方向前进，不恋爱，写什么信？所以，老同事圈子里，人人都知道你和春姑娘谈过恋爱，是你后来不要她……

冤枉啊！天大的冤枉啊！她手指头我都没碰过！

人家等着你去碰啊！

春姑娘就这样在貌似恋爱的通信中，又耽误几年青春，可木木浑然不觉。木木依旧在找她心目中的女孩：高挑，大眼，有文艺气质，可以不洗衣服。

木木终于遇到了他心目中的女孩海带。海带那时美专毕业，是中学美术老师，冷眉冷眼看人，高傲无比。木木破釜沉舟地追，散尽千金为能博美人一笑。他在单位一次性买断工龄，然后闯荡江湖，从小小的销售员做起。再不会旱涝保收衣食无忧了，今天不干活，明天就没饭吃。累得像条老牛一样地回家，晚上照样欢欢喜喜地洗衣服。洗自己的，最主要是洗女朋友的。

爱就一个字：贱！木木说。

听说木木有女朋友了，春姑娘伤心欲绝，后来有大半年没回过大院看老同事。

就这样诚惶诚恐伺候着，海带依旧和木木经常水漫金山地战斗，砸锅砸碗砸电视机。当年一起抓破毯子打扑克的老同事们，私下叹息，预知未来：木木和海带总有一天会分。

这样的话，难免折折转转传到春姑娘的耳里，春姑娘春回大地，又偶尔回大院了。只是，总一个人，没有男朋友。

春姑娘啊，嫁人不要太挑了哦，女孩子眨眼就会老的……大家劝诫道。

当年的那些单身汉，都已纷纷筑巢添口。只有木木，还在和海带吵架。只有春姑娘，还至今未嫁。

春姑娘等木木有一天被海带抛弃，她就来拣。她像条馋狗，目不转睛等着主人吐出嘴里的骨头，那时它就快活地摇着尾巴，叼着骨头，到树底下甜蜜地啃去。

生活的神奇就在于，它常常出乎所有人的意料。

出乎意料的是，木木终于如愿娶到了海带，守了N年，等了N年，终于把所有的垂涎者赶跑，一桌子菜终于是他的了，可以安心坐下来慢慢吃。纵然海带还偶尔想回归浩瀚的大海，成为独立自由的新新人类，奈何总在木木眼含热泪的柔情里崩溃。

要谢谢春姑娘，她教会了木木：爱到深处，就是犯贱，就是无言无语，就是眼含热泪。

海带和木木，终于有了爱的结晶。春姑娘垂下伤心的狗尾巴，怅然离去。晚餐无望。

春姑娘后来也结婚了。什么时候结婚的，谁也不知道。

木木说，一次他带女儿去防疫中心打针，在那里看见春姑娘。春姑娘怀里抱着小孩，三四岁的样子，比木木的女儿小一两岁。

木木看见春姑娘，想起从前洗衣服、写信，心上觉得愧疚。尤其，当他想起自己在海带每一次就要转身离去时的眼含热泪，终于懂得春姑娘的心意。他想安慰一下春姑娘。这么多年过去了，他想补偿一点安慰。

自那次遇见后，木木和春姑娘互留了电话号码。三八节，木木发短信给春姑娘，告诉她，她是个优秀的美丽的女子。

这么多年，木木从来没有赞美过春姑娘。

也不敢轻易走进春姑娘。即使每次走进，他必得让自己站在一个安全的位置，一个让春姑娘够不着他的位置，然后从容表达自己的感激，以及对她的礼貌。从前，他坚决不主动触碰春姑娘的手指，他是安全的。后来，他回信，但是跟她隔了千百公里的路程，他依旧是安全的。现在，他发短信，彼此都已结婚生子，他自觉自己还是安全的。

他是安全的，他就不必买单，担下一个并不很喜欢的女人一生的岁月。

可是，木木错了。

木木生日，春姑娘送礼物给他。情人节到来，春姑娘说想要见他一面，一起出去喝杯茶……纵使隔了千百里路程，纵使彼此都已结婚，只要木木是微风经过，春姑娘就一定荡漾涟漪。

这么多年，只要面对他，她就依然是魂不附体。她的魂，不在她自己的生活里。她的魂，在木木脚下，他一动，她就疼。

春姑娘，痴情到，永远春心不死。

木木再也做不了绅士，灰溜溜退场。

满满一壶下午茶终于喝得见底，木木要提前去接海带下班，我也要回家去准备晚餐。我和木木一起下楼，准备告别。

春姑娘是个好姑娘，只是爱得好卑微。

洗洗刷刷，只触及一个人肤浅生活的最表层。即使再卖力些，也只抵达他身体动物性的那一部分。他孤傲的灵魂，需要一个同样孤傲的灵魂来发出巫婆式的咒语，将他统领。

我若在爱，我就做一只发情的雄孔雀，把亮灿灿的羽毛，把最美的一面不断绽放呈现，照亮他。哪怕失败，我也是只浴火的凤凰，在他的记忆里拥有不灭的魂灵。

木木愿意此生在海带的眉目之下，安身立命。

春姑娘和木木，他们都很痴情，只是没和对方构成唯一的食物链。

自花传粉的女人

我和你，还有你，你，你……我们都曾是自花传粉的女人。

植物学里，自花传粉是指同一朵花的花粉落到它自己的雌蕊柱头上，由此完成交付，完成抚慰，完成自己。

是啊，女人心，就是这样古老的自花传粉。自持，自守，一切在内心完成，不寻一个戏剧的搭救。

那个在深夜的大街上蹲身哭泣的女友，就是一个自花传粉的女人。

临近新年，公司加班，不舍得请假，为人民币乖乖上班。其实是，为了家，一个家，老公和孩子，而去乖乖上班。没想要做女汉子，可是就这样挺成了一家之栋梁。没办法啊，老公的天赋就是赚钱慢，而物价却又涨得快，雨后新笋似的犀利惊人。

晚上下班，夜那么深了，老公就不接？

我问她。彼时，我们在茶楼喝茶，穿戴得姹紫嫣红，冒充是小女人，被男人风华绝代地宠爱的那类小女人。

不接。他晚上在家里，陪孩子，顺带着玩电脑玩游戏。我若让他接，他会说，娇什么呀，又不是不会骑车，何必麻烦别人!

她低声答。语气里有块垒。说到最伤心的那晚。

大年初三就上班，为贪那几倍的工资，其实也懒懒不想去，一年累到头，谁不想歇一回舒展一回做大街上的风景一回？婆婆接走了自己的老公和儿子，去老家吃饭。母子两个没有一人邀请一下她也去，只当她上班赚钱天经地义。深夜骑电瓶车回家，下着小雨的大街空旷无人，只有冷风，和冷傲驰过身边的轿车。一阵风掀翻了手中的雨伞，于是慌忙停车，于冷风与暗淡的灯光中侍弄。唰——一辆私家车经过，溅一身泥水在她身上……

号啕大哭。蹲下来哭。一个人蹲在路边哭。

年前年后积攒的那些委屈，甚至是整个一场婚姻里所积攒的那些心酸，瞬间，在一身泥水里全线崩溃，洪水滔滔一般压上心头，变成泪水，在黑夜肆虐。也不管零星的路人，和零星的车子里探出来的那些好奇的脑袋，那一刻，只想痛快一哭。自己陪自己哭。自己听自己哭。自己释放自己的哀伤。

曾经，她是那么优秀的女孩。漂亮，聪明，能干。曾经，追求她的男孩子们，哪一个，不是海誓山盟，一片奴心愿作她牛马。此刻，我坐在她对面，给她斟一杯甜茶。是的，我点的是一壶银耳莲子红枣茶，加了许多冰糖。我希望甜一点再甜一点，味觉上的甜蜜会传导给精神，会觉得生活也是甜蜜的。

她喝过一口甜茶，扑哧笑起来。说：我太伤心了，终于大吵，闹到要离婚，他不舍得离婚，他终于悔悟，跟我说，老婆，我以后再也不让你那么辛苦了，我要努力再努力赚钱，让你做小女人，再也不做大女人了……

哈，我笑起来。也觉得自己的笑微甜又微苦，像999感冒灵冲剂。老公挣钱捧给她，可以回家休息做全职家庭主妇了……一朵自花传粉的苦涩植物，终于在时间和痛苦里进化，成为一朵异花传粉的花儿。

可是，又怎么会忘记那些一个人忧伤的时光，一个人，硬撑着，痛苦着，无望着，处处灯光幽暗，处处冷风冷雨。全靠自己给自己引渡。那些自花传粉的忧伤啊！

女人花，摇曳在红尘中。女人花，随风轻轻摆动。另一位新识的女友，就是这样的一朵女人花，自己开放，自己散发芳香，自己沉吟，自己沉醉。也是一朵自花传粉的女人花。

爱情缤纷开谢若干场，每一场，善始，总是难以善终。所以，四十岁了，还是一个人。一个人，追寻梦想，辗转N个城市，从热情灼灼的南方沿海城市，到冰雪童话的大东北，最后落脚雾霭笼罩的北京城。她的事业节节开花，相对来说，爱情的那一朵，就开得不够生机勃勃。

只是新识的友，交往不多，辗转听到不少别人关于她的是非长短，但是我从不曾特意去打探。

见过一次她买花。捧着一大抱鲜花，长发长裙，姿态婆娑地走来。阳光树影里的她，好像整个人也是一朵花，走一步，开一瓣，一路撒下袅袅暗香。

她走过我身旁，彼此微微一笑，算是招呼。我心里想，今天是什么节日吗？那么多的玫瑰！浓情蜜意的玫瑰里还嵌着端庄圣洁的白百合。啊，真像她，又妖艳性感，又大气典雅。

后来，听身边人说，那天是她的生日。

没有爱情的生日，她慷慨华丽地送自己一束鲜花。送自己玫瑰，也送自己百合。

爱情不来，我自盛开。

盛开成最饱满的状态。盛开得花枝招展。盛开，是自花传粉地盛开。但不自怜，不自惭，不自哀。

你没来，我也盛开。随时等待爱情的造访。自在。自若。等待温柔地进化，成为一个异花传粉的女人。等待他来，把爱情的花粉，播撒在亭亭的柱头之上，濡湿一颗渴望繁衍孕育的心。

是啊，自花传粉的女人，要始终相信爱情。就像人在寒冬，要始终相信春风终有一天会推开窗扉，把花香和湿润的空气送来。

又有女友，不幸遇上薄情男，分居了一年多，终于离婚。离婚后，她一个人带孩子，很是艰难。一个人接送孩子上学。星期天，一个人送孩子去少年宫画画。孩子生日，也是一个人陪他过，还要赔上无数个脑细胞来帮忙掩盖父亲不回来陪他过生日的原因。

总是一个人，搭把手的那个人，永远缺席。一个人，陪着孩子成长。一个人，去渡那些无涯的孤舟之夜。一个人，太累了。累到不敢相信还会有爱情，还会有大地回春。

最无助的时候，她打电话给我。在电话里，我听她说着生活里的那些琐碎，那些失望，那些缺憾，那些苍白无力……

她也是一株自花传粉的植物，只是，开放得太清冷，生长得太幽暗潮湿。

我安慰她：不要难过，不要灰心，等等，等等，救你的那个男人就快来了！

会吗？还会有男人要我吗？我还拖着一个孩子，有资格享受爱情的垂怜吗?

她怯怯地问，有太多的不自信。

当然会啊！每一朵花都有自己的季节。在那个开花的季节还没到来的时候，我们只需用力生长，怀着一颗芬芳的心，做好随时开放的准备……

爱情像春天，春去春又回。只要心不寒冷，我们就可以再次成为春天的主角，再次在枝头烂漫开放。

我们不要只做自花传粉的女人，我们要在爱情里进化。遍地的野草，已长满了山坡，孤芳自赏最心痛。所以，要等一双温柔的手，等她来抚慰，这寂寞，这痛，这漫漫无涯的黑夜与潮冷……

自花传粉的植物，颜色素净。自花传粉的女人，在时间里，散发幽幽心碎和心动，像一颗玲珑剔透的琥珀化石。一切潮起，在内心，平息，也在内心。

渴望苏醒，渴望你穿过千年万代的时光，来将一颗琥珀里的那只蝴蝶唤醒。

还有那棵古老的自花传粉的植物，细细弱弱暗香缠绕的植物，等你来渡，成为颤抖欢喜的异花传粉植物。

爱，然后是句号

成名了。

成名后，扶桑是圈内小有名气的编剧。

十年不开工，开工吃十年。扶桑说。换新房子，换大房子。换车子。换城市居住。

老公换了吗?

没换。

还爱吗?

爱。但是，这个“爱”字后面，是句号，不是叹号。扶桑继续说。

爱，不需要浓墨重彩地来感叹，来抒情了。爱，就是一种状态，是一种很私人化的心理状态，没必要吸引眼球，没必要从大众那里邀赏，也没必要作秀给外人看。她说。

她穿着件改良旗袍，修身，低领，玫瑰红。她坐在我对面，陪我一起在四环附近一家精致的中式早餐店喝粥，吃四块钱一个的荠菜包子，包子小得跟杏子差不多。我看着她静静地坐在我对面，等我吃完。晨光里安静的她，好像一件庄重典雅的瓷器，只是没有插上花花草草。贞静，不妖娆。或者说，不轻易妖娆。

等我吃过，我们一起下楼，闲闲走在四月的风里。她一只手轻轻搭在我的肩上，依然用那舒缓柔软的声调跟我说话，那声音包裹着我，像一件早春看景不可缺少的薄羊绒围巾。

岁月给了她软，和暖，还给了她绵长有深意的东西。

她继续说：到了一定的年龄，爱不再是一件务虚的事情，它很实在很形象，爱是有质感的。过年，两个人一起上街打年货，买对联，买老人孩子衣服鞋帽。买水果，一个买，一个拎，甚至轻轻责怪对方买得太多，转身又笑了。两个人一起到乡下买只羊，回来请人宰掉，回家清洗，花去大半天的时间，彼此都累得歪歪倒倒……

这是爱吗？这就是毫无浪漫可言的过日子啊！我驳斥。

她笑起来。站在路边，招停一辆出租车，她要去参加一个编剧会议。我们上车，她嘱司机稍微绕一截，好把我先送回我的住处。

还是年轻啊！再过几年，或者十几年，你就会明白：爱，是素颜的。爱就这样一副素颜，和生活血脉相连地连在一起。爱在生活的褶皱和肌理里，而不是浮在水上的无根的萍。那个曾经在你窗外咆哮的男人，发誓要等你一辈子的男人，还在等你吗？早翩翩扑蝴蝶去了！还有那个穿越半个城市的男人，说要带你去远方流浪，带你去了吗？他是流浪去了，流浪的路上，艳遇一场接一场，早把你忘成了灰。在累得潦倒的深夜回家，只有这个男人，为你开门，为你掌一盏床头的灯……

我被她说得感动起来，瞬间若有所悟。只是，到了我的住处，只好下车。然后转身跟她挥手，她坐在车子里，略略欠身，也与我挥别。再见面，不知何时。

心上迷雾不散。一直想找机会，跟扶桑再次聊天。

也很八卦地向旁人打听扶桑的故事，比如，这么出名了，又这么漂亮，在外面，就没有戏吗？写戏的人，难保自己一不小心，就成为戏里的某个角色。

哈哈，应该有过。不过，都处理得很好，水过无痕地结束了。依旧妇唱夫随，把个小家稳固得像三峡大坝。知情人这样跟我说。

我找到扶桑的博客，加了她的QQ。扶桑不常在线，好友通过后，只能偶尔留言给她。祝她三八美女节快乐的留言，常常是要过个一周半周的才能得到她的回复。回我时，节日已经烟消云散，所以，她只好客气祝我天天快乐。

我其实不天天快乐。

想要的职称没到手，快乐吗？想要的新房子买不起，快乐吗？想要男人乖乖听话，我指哪里他打哪里，可他偏偏南辕北辙地瞎跑，一点不让人省心，快乐吗？快乐吗？快乐吗？

我满腹幽怨，怀才不遇，怒气万丈，觉得人人挡道。

终于等到扶桑款款上线一回，我像个凡夫俗子，怀着虔诚求真之心，去朝拜至尊。跟她说了些鸡零狗碎的生活琐事，倾诉了下感情迷雾重重，等她杨柳仙露播撒，浇开混沌。

然后，猝不及防，在QQ上劈面问她：爱你老公什么呢？

聊天对话框里蹦出玫瑰红的大号字体：爱他的普通。

“普通”两个字后面，依然是句号。

他因为普通，所以本真。

他因为普通，才能稳稳给得出这一份本色烟火的红尘生活，给我。

风光是给别人看的，日子则是自己来过的。风光奢华的生活像烟花一般湮灭之后，接下来就是打扫满地狼藉，若没有一颗安于平凡的心，是折不下来腰身为你抵挡生活的鸡零狗碎和鸡飞狗跳。

我需要男人给我一个港湾，而不是一场盛大演出的入场券。所以，我愿意跟平凡的他一路走下去，而不是和许多女人一起共享某个极品男人的风采。

丫头，要记得让心活在此时此地，不要寂寞地怅望远方！

扶桑在QQ里一路斜风细雨地写下了这些，我读着读着，仿佛又回到从前，一起吃早餐，她先吃完，静静等我。

是啊，扶桑不急，一直以宁静的心态对家人对婚姻。她知道自己需要什么，该舍弃什么。

我回扶桑说：听你说话，我不仅明白爱后面是句号，还懂得，人生处处，也要果断地画画句号。

是啊，句号里透出的不仅是宁静的陈述，还有一种天高地阔的明朗。不犹疑，不忐忑，一锤定音，画个句号。

感谢机缘，让我遇见扶桑。

路过你的城市

路过他的城市，忽然想起他。她掏出手机，拨他。

想告诉他：我去呼伦贝尔草原，你，也要去吗?

其实，票都订好了，是一个人的。可是，经过他的城市，还想问他一声。

也许，他会心血来潮，跟她去了草原，去了天涯，去了有陌生风景的远方。他就坐在她的身旁，指给她看窗外，呼啸退后的林木，远天上慵懒的白云。

……

偶尔，只是偶尔，会想起他。

因为觉得亲。只是觉得亲。

认识他之后，她照镜子，看自己，恍然发现另一个自己。她的眉、眼、鼻子、下巴……竟和他的，那么相似。仿佛在一潭秋水里，照见了自己的影子，忍不住多看一眼。

基因真的好神奇。她想，她和他的基因组合，一定有太多相同的部分。或许千百年前，他和她，他们的祖先，结在一根血脉上，然后分支，分支……

就像两条古老的河流，同时从山脉里汩汩流出，然后分道，有了各自的流向。并且，各自接纳沿途的支流。有一天，在大海里，睹面相逢：啊，我们都如此清凉，都保留着千年雪山的清冽雪气。原来，我们来自同一处土壤。

她，想和他结为同盟。对，是同盟，中性的同盟。人世浩浩，一脚迈过去，深不见渊底。她想和他搭起肩膀，应对时间里呼啸的风。就像千百年前，我们的祖先，在丛林里，搭起肩膀，燃起篝火，应对猛兽。

她跟他聊天，第一次深深地聊天，是在咖啡厅里。一家颇具法国情调的咖啡厅，空气里飘扬着听不懂的法国歌曲。记得那是大冬天，暖气开得好足。她随他的步子踏上台阶，推开沉重的玻璃门，与暖气迎面相撞。冰冷的身体一颤，舒开了，像花朵在春气里打开花瓣，整个地轻盈，整个地暗香。

那其实是她的心情。

这之前，她是多么古典的一个女子。穿棉麻衣服，喝普洱茶，读线装书。拒绝新生事物，漠然汹涌而至的资讯。

坐在他对面，闲聊。一个说一个听，针线细密，不留白。

天花板上印着丰硕的法国女子，仿佛从油画里抄来，裙子好大，皮肤好白。暖气一层层裹挟过来，咖啡只喝了半杯，觉得热，觉得脸烫。她觉得她的脸快要爆了，像深秋的石榴，在夕阳橙红的光束里，裂开来，露出里面的籽实。那籽实是她晶莹剔透的心。

只是欢畅。

只是觉得亲，所以无限信赖。

所以坐在他对面，她无限打开自己。说梦想，说或明媚或幽冷的过往。他也是，说梦想，说曾经的谋生，谋事。

都是怀着梦想的人。站在时间里，脚步沉稳，内心笃定。

他会是一个很好的同盟。

喝过咖啡。还不尽兴。他提议去看街舞，她当真就跟着去。在快要打烊的商场门前，冷风里看新新人类——一个着装前卫却单薄的大男孩，在音乐声里，四肢狂舞成国画里的梅枝梅干，黝黑嶙峋，旁逸斜出。

她的世界，就这样被碰撞，开了缝，漏进星月光芒。看见了外面，也看见了自己。

也是大冬天，坐他的车，去寻访一条古老清寂的河流。她长发及腰，纷披而下。长风拂面，青丝缠绕。他想替她捋，他伸出了手指。她扭扭头，像秋天在林荫下走路，斜斜肩，就抖掉了肩上的落叶。就这样绕过去了，轻轻一绕。秋水无痕。

天女散花，花不沾衣。

她很理智。她不需要情人，不需要一个暧昧的异性知己。实在不需要。

她需要一个同盟者。若再奢求，需要一个传道者。

传道者，比她成熟，比她有阅历。比她沧桑也比她年轻，比她丰富也比她简单。

她渴望成长，而不是雌性的交付。

情人，只是记得她是女人。而传道者，能予她以庄严，以脱胎换骨的更新。

她痴心唯愿：他忘记，她是女人。

后来，她也带朋友去看那条古老清瘦的河流。在水一方，她解说河流的源头历史，两岸的风土人情，用的是他说过的句子，他的口吻，他的语气。

她被他染了，染了他的颜色，他的气息——一个新我。

如有一天，时间苍老生苔，爱人薄她弃她。她的心，残破如风中蛛网，需要缝补，需要寻一棵高大乔木来搭救……她会不会，还原成女娲之身，像坠空的惊鸟，笔直投奔他的怀抱？

不会。

爱情永远没有同盟那样彻底，彻底地咬定诺言，咬定彼此。

彼时，她会继续，一个人走下去，像一条不改道的河流。与他隔一条街，或者一座城市。

可是，在时间的版图上，又那么近。像溪水流经岩石，像根系长在泥土里。

路过他的城市。路过他的时光。又虚幻，又真实，像时间经过我们每个人。

久未联系，偶尔想起。

半年之后，春花已经被秋叶代替着去零落，在 QQ 上相逢。她轻吟：那次，去呼伦贝尔草原，路过你的城市，拨了你的电话，无人接听。

他回：啊，那时，我在外地……

垓下红颜

远处，有几缕炊烟升起，在萧萧林间。

树顶一轮夕阳，正用它红灿灿的霞光，晕染着西天。暮色渐浓，四宇的灰蓝，渐渐逼向这片红霞。红霞淡了，消失了，蓝色的天幕上只剩下这最后一轮孤零零的落日，红得惨烈而落寞。

它像一个曾光芒四射的舞台主角，渐渐被逼向这舞台最后的狭小一隅，然后一眨眼，便沉下去了。悲壮而决绝。四隅骤然显得悄无声息。

我心里隐隐不安：是不是，所有的轰轰烈烈，之后都要归于沉寂？我的项王也是吗？他的辉煌，能走出这样的宿命吗？他今天的出征呢？

曾经，多少个残阳如血的黄昏，我的项王的乌骓马越过急流险峰，越过遍野横尸，踏血凯旋。

项王啊，吴中大地，大江南北，我是你马背上的战友、帐篷下的妾。与你，亲历了血雨腥风、刀光剑影、鼓喧马嘶。今天，垓下的落日殷红如旧，你会怎样回来？明天，依然残阳如血，我们的帐篷又会在哪里？

……

不知何时，月亮已悄悄睁开它的眉眼。淡淡的月色，和着士兵燃起的未散尽的炊烟，氤氲在大大小小的帐篷间。

空气里有秋草的余香。马儿耷拉着头，慢慢咀嚼着最后的几口草料，没了引颈长嘶的骄傲。

营地一片静寂，静寂得有点忧伤。只是静寂里似乎有歌声悠悠哼起。是哪个帐篷里的歌声？如此细弱，缥缈，悠远，却又声声撩起愁肠。我循声过去，歌声渐渐真切。是楚歌吧，如此婉转，又如此绵绵不绝。

营地上的帐篷，三三两两罗列着。帐篷的门口，斜靠着一个年轻的士兵，举头望月悠悠和着歌声。营地的空地上，有小堆的篝火，还没有熄灭，三五个士兵相互依偎着，席地而坐，正听得入神。他们是想家了吧？想念那个日日倚门远眺的老母，白发飘飘，步履蹒跚。想念那个独守闺房的妻子，日日形只影单，灯下缝洗。想念嗷嗷待哺的幼子，夜半的梦呓。

而在我那清歌悠扬的故乡，我也曾唱着山歌，荡舟采莲。唱着它，走在稻熟的田野，飘香的林子。唱着它，和姐妹们在节日里跳舞……

泪，不知何时已悄然滴落。而现在我的家呢，我的家在哪里？

项王在我身边，帐篷在我眼前，这就是我的家。项王曾说，我们的家应是豪华气派的殿宇，我的房里有五彩缤纷的绫罗裙裳……可是，我的项王，今夜我想告诉你，我不想这些。古来王侯的车辇下，辗进去多少百姓的血泪，战死的冤魂。自古深宫里总是红颜易老，寂寞亭台，最终一冢荒草……

若生命真有轮回，我愿来生，生在江东，生在吴县，生在一户普通的丝织人家。我的罗裙，我的娇美，统统出自自己的一双巧手。而你，仍不改霸气，但只是一个霸气却又勤劳的渔家后生。在某个静静的黄昏，没有硝烟呐喊，没有战马嘶鸣，我出嫁的小花轿正停在你归泊的渔船上，从此与你，是风里雨里、船上岸上的一户人家。

夜色渐浓，夜晚的凉意渐渐漫遍身心。而歌声，此起彼伏，一浪接着一浪，从四面八方涌来，淹没了垓下的营地。士兵们思乡的心，似乎化作片片小舟，在歌声的浪里飘荡，找寻家的方向。

我理了理稍稍凌乱的头发，掀帘进去，项王似乎已入睡，枕边是一幅略旧的丝帛地图。我轻轻走近他，可他还是醒了。他说："几时了？"然后又说，"外面什么声音，幽幽怨怨的？"我轻声说：好像是楚歌，不用理会。可你还是掀帘去听。良久，你回来了，只要了一壶酒，与我对饮对泣。这时有士兵来报，说歌声出自汉军，是敌人蓄意唱起。而你呢，脸色涨红，扔了酒壶，拔剑唱起：

力拔山兮气盖世。

时不利兮骓不逝。

骓不逝兮可奈何！

虞兮虞兮奈若何！

我懂了，我忽然懂了。那么我的大王啊，最悲壮的歌也应配以最曼妙的舞，且让我拔剑伴着你的歌声而舞吧。

等我挑亮油灯，等我舒展白衣，等我梳好云鬓，描好蛾眉，营帐是我的家也是我的舞台，让宝剑和我的肢体一起踏歌而舞，这将是生命的极致！

当我抛出长袖，翩翩起舞，然后回眸一笑，姗姗飘去，把宝剑插入白衣，有红色的液体慢慢溢出，如故乡的山野烂漫的杜鹃开放。

这便是我最后的一个舞姿！

多少欢情都做了流水

她正从广场的鹅卵石台阶上一步步走下来，手里捏着两把玫红色的绸扇，口里细细地哼着邓丽君的《小城故事》。还只是早晨八点钟的样子，晨练就结束了。

天空飘着晚秋的细雨，隔着霏霏的细雨看这个小城，尽是浅浅的灰色了，像旧相框里往事漫漶。只有这个穿着玫红色上衣的中年女子，和她玫红色的绸扇，是城市生动的一笔，像江南糕点中间的那一点洋红，叫人想起俗世之欢。

回溯十六年，她是这个小城的故事，她不是糕点中间那满是喜气的洋红，她是牡丹，恣肆开在宣纸上的牡丹。

十六年前，小城故事里除了她，还有一个他。两个人都是画国画的，他画工笔牡丹，她画水墨山水。她的水墨画得甚是清寂辽阔，寒山瘦水，奇松孤舟，野旷天低树，江清月近人。小城举行书画展，他初见她的画，声声叹。一个才三十岁的女子，能把水墨画得这样空灵邈远，不着一丝人间烟火的暖，他如何不叹！

那一次，同城画友们在文联组织下开展了一次书画活动，会后，大家即兴现场作画。她展纸弄墨，寥寥几笔，迎面是浓墨堆就的一座清奇的山峰，突兀，几乎不着草木。是孤峰，后面断了，断出一截留白来，再往远处，是几笔淡墨叠起的矮小的山峦，以及山脚下几乎可以忽略的烟村。如此一衬，那巍峨的峰竟有了绝世而去的孤傲不羁。

画毕，众人赞叹，他却歪着头转了半圈，然后停住，说：这画画得绝情！绝情中有一种知音不遇的孤傲！

那一刻，她的心就惊了。他在画他的牡丹喜鹊图，名为《相见欢》，画好后，人又转过来，对着她的画说：我借一点我画牡丹喜鹊用的颜料给你用用。也许，他觉得她的画还没完成，或者，她的画太过寒气浸人，需要一点暖色来温一温。说着，他用他的毛笔在他的调色盘上沾了一点朱红，递过去。她笑笑，接过他的笔，也许是感念刚才一番他读懂了她的画。能被一个人真正地读懂是幸运的，谁愿意做一把丢了钥匙的铜锁，无人能够将心打开呢？她弯下腰，俯对宣纸，在东方补了一轮红日，然后在峰脚下又随意点了几笔，如此，枫叶红了，山峰醉了。末了，她望望他，彼此会心一笑。

其后，每逢周末，她去拜访他。她像她的画一样渐渐妖娆起来，她穿各式各色裙子去见他，有清一色的，有格子的，有条纹的，都是极艳的色彩。她觉得识他以后，她就成了水墨画里最后那一笔点睛的朱红，足以烘托整个人生。

他呢，他说她远的时候是太阳，近的时候，就是他宣纸上的牡丹。

那一天，她穿了件托人从广州捎回的裙子，近似于青紫，似乎又没滤尽忧郁深沉的蓝，那是一种心事重重的颜色。那天，他看见了，然后铺开宣纸，就画了两朵这种颜色的牡丹。她奇怪道：有这样的牡丹吗？我怎么没见过？他头也不抬，继续画着，回应她一句话说：有啊，就在我眼前呢，开得千言万语！她莞尔：她是他的牡丹！但是，这牡丹只能开在宣纸上，庭前院后可不行，那年他四十，家里有结发的妻，还有一双会甜甜地叫她阿姨的娇儿女。

谷雨时节，银屏山的牡丹开了，两个人相约着去，她画银屏山，他画银屏山的牡丹。黄昏时分，赏牡丹的人相继归去，她不舍得走，立在悬崖边，忽然就掉下泪来。千年牡丹啊！她伏在他的肩上贴着他的耳朵说：知道吗，此刻，我多么想做这悬崖上的千年牡丹，你啊，就是我的山峰我的悬崖，尘世的千万种色彩我都不要，我只要是你心上这一棵最纯洁的牡丹。他将她的脸揽在怀里，没有说话。山风习习，连她这样炽热的话出了口，顷刻间就凉浸浸的了。

出了山，便是宽阔的大路，远望小城，已是万家灯火。她拉着他的手说：我不想回到那个你属于别人的城中了，我们走吧，随便哪里都好，最好天涯海角！他一阵感动，转过身，将她的脸、她的胳膊，揽进怀里，揽得很紧，然后他的头深深俯下去，像一只受伤的企鹅。有那么一刻，他多么想像历史上那些昏君一样，置身后万千江山不要，携着自己的美人，弃城而逃。

但是，他们还是回城了。当他转身后，再回眸那星星一样的灯火时，他无语牵过她的手，又回来了。

后来，他离开小城，一个人离开。他到底是弃城而逃，只是，是一个人。

他离开后，才满城风雨传着他和她的事。她没有办法再在小城里容身下去，于是，静悄悄地，她也走了。可是，走得再远，谁能躲得开思念。她千方百计地打听，终于知道他就在深圳，然后奔他而去。几天几夜的火车，她都睡不着，她就那样靠在火车的窗上，流着泪笑着想象他的模样，直到终于寻到了他，她像只丧了家但终于得遇主人的小猫，伏在他的心口上才安心地睡了一觉。因为疼痛地分开过，所以，那一夜，他将她抱得更紧。

从此是朝也欢、暮也欢了。

白天，他去上班，她在小屋子里画水墨。晚上，他画画，她在灯下为他织毛衣。他看见粉墙上她织毛衣的影子，纤手弄云一般，于是停了笔，欢喜地笑。她扭头，看见了自己那纤巧的影子，逗道：我是你的妻，那影子啊，是你的妾，妻是管你吃喝拉撒的，妾是供你玩赏的，这样可好？他笑了，说：瞧这张小嘴！说着早举了画牡丹的笔过来，在她的唇上点了一点朱砂红。然后用食指托着她的下巴，端详她那一张小脸，说：更像日本的浮世绘了，邪与媚，都是你！

其实，也不过是一晌贪欢，浓醉醒来，已是晚来风急黄花满地的凄凉。

他的妻在半年后就来了，没有吵也没有闹。他的妻只是领着一双儿女，站在门外，将她也从书桌边叫出来，对着他冷冷说：单项选择，你选吧！他迟疑了一下，然后低着头走过去，牵着他的妻和儿女，转身走了，将屈辱和泪水丢给她一人。

恨！从此只有山长水远的恨！

她是花了四年时间闭门谢客给自己疗伤兼修炼的。她说，四年是读一所大学的时间，她就当自己又读了四年大学，从此长见识了。三十五岁那年，她回到小城，焚掉家里所有笔墨纸张，与绘画诀别。然后说：我要嫁人了！我要嫁个好人！

他一直没有回来，这个小城是她一个人的，也好。从此门前流水，缓缓流淌十六年，各自忘记的日子，是碧水如天。

为纪念改革开放三十周年，圈子里的朋友狠狠把他邀了回来，没想到，一晃，他已经在北京待了十几年。也邀了她，朋友们无非想，再看看她画水墨山水，他画牡丹，毕竟，当年他和她，都是小城画界的人物。她没答应，她说自己停笔多年，现在只热乎中老年舞蹈。朋友们再邀，说：不画，聚聚也好。

聚会那天，她到底没有去，只解释说：于我，山已无陵，水已枯绝，这世上已无山水可画！

原来，她到底不肯原谅，关于与画有关的那个男人。她不惜用断绝水墨，来与一个男人对峙。也许，当年的那些欢，真的在流水岁月里一点点逝去，再也忆不起。

那天，他一个人画了一幅牡丹图后，又挥毫另作了一幅，意外的是，那竟是一幅更为出色的水墨山水。宣纸上，瘦高的山峰，逶迤的河流，河流的前方是一片浩瀚的留白。旁边他题了字：百川到老成汪洋。

那一年，她万念俱灰地离开深圳后，他也很快去了北京，走之前，他去了他们曾经租住的小屋，将她画的一叠水墨山水包起来，带在路上。许多个夜晚，他在北京的书房里听着他们当年爱听的那首苏芮的《牵手》：因为爱着你的爱／因为梦着你的梦……也许牵了手的手／前生不一定好走……总是忍不住，展开她的旧画来看，然后，提了笔，在新铺开的宣纸上，沿着她的笔墨走向，一笔笔描摹。他知道，他伤了她，只能这样辗转在水墨里山高水阔地惦记。只是她不会来看的了。

重逢也无言，不如来跳舞

爱了他，爱了他，豆蔻的年龄，爱了，复又放下。

那个时候，中国大地上的诗歌热潮渐趋于尾声，可是在小城，各种诗歌团体却如荼蘼花开，有末世前的繁华。就是在那样一个属于诗歌的年代里，识了他，爱了他。

他是那些诗歌团体里的中坚人物，号令整座小城里弄诗的人，有油印的诗歌刊物，散往小城里的各所高中和中专学校。她就是在那时辗转读到了他的诗，心底里记下了他的名字。再然后，辗转加入了他旗下的诗歌组织，听他们在台上朗诵，有人热情澎湃，有人黯然神伤……

她等的是，最后上台的他。他朗诵他自己写的诗，或顿挫，或昂扬，诗会气氛总在他那些长长短短的句子里，攀升到顶点。那时，她在台下看他，觉得他就像一个国王，在自己的疆土上指点江山，意气风发。而她，就像一个在古井边汲水梳妆的佳人，看见他打马经过她的村庄，马蹄后烟尘袅袅，却没投下一眸，看一看她镜里的如花容颜。

有那么一次，在他的感染下，她忍不住捧了自己的诗稿，上台朗诵。那是一首诗题叫《那一滴朝露》的短诗，最后几句，满是深情 :

我爱的人，你要赶往下一个春天了吧

十万支花朵都俯身在你翼下

哪一年，你才会想起，

在那些花蕊里，有我一滴朝露

那是守望你的星辰碎了

碎了，因你落下

粒粒晶莹里，都映着你飞翔的天空啊

朗诵完，她的眼角噙了点点的泪光，台下一片汹涌的掌声。她没敢抬眼回应，只低头踏着那一片掌声往台下赶，却不料，粉绿的裙子绊着了桌角，她急得尴尬在台上，双颊飞红云。是他走过来，低下腰，替她解开了那个绊在钉上的结。她无限感激，看那一张俊朗的脸，用眼神道谢。他笑了，也用眼神，算是回了。

秋天，那年的桂花开得分外的迟，季节寂寞得叫人无端地盼，盼得生了恨。每日家情思睡昏昏，真是，那段时间学校里搞运动会，不用上课，她就每日饭后躺在床上，懒懒地翻书，然后睡着，做无边的梦。梦里，他是能敌万人的将帅，纵横疆场，她是身陷乱军的乱世佳人，辗转流离中，他飞马来拉她坐在他的马背上，坐在他的一身铠甲的怀里，夜来营帐下，点灯奏乐，她拧腰、抛袖、投足，为他跳有魏晋之风的古舞，从此是他的美人，随他的江山一道沉浮……

醒来，人淡淡的，心无着落一般，仿佛风光都在上辈子舞尽，这辈子，不过是在喝上辈子余下的残茶，已经寡淡无味。桂花开的第二天，她趴在午后的窗台上，看桂花雨，看浅灰的天，看雨中墨点似的雁影。他就在楼底下，领了一群人，抬着头，唤她下来。

其实，自她的那首诗后，他竟就记下了她，还有她粉绿的裙。那年头，多少人的诗着了火似的，太过烫人，只有她那句子，安静，清澈，执着。还有她粉绿的裙子，像一丛院角的芭蕉，有过雨的凉，忍不住叫人回眸，叫人一阵阵地疼惜。

他说，今晚有个活动，把那个“朝露”也叫了来，她可造。于是一群人到了她的宿舍楼底下，别人大声喊她的名字。只有他知道，趴在窗台上托着下巴的那一个，就是。冥冥中，一定有一个万能的神，来指引有心的人彼此相认，哪怕隔着山川与人海。她拿眼寻去，他斜过伞，立在人丛里向她挥手微笑，秋雨霏霏，衬得他像唐诗里渡来的客。

文化馆隔壁就是一个舞厅，活动结束后，细雨濡湿的水泥路上，他转过身，问：你会跳舞吗？她笑。他也笑：那就是会了？其实，交谊舞她不是很会，学校的体操房里，老师教过，但她没怎么和人跳过，她擅长的不过是一些有表演性质的古典舞与民族舞。但是，看他的兴致很好，而她自己，兴致也和他一样的好。

在牛仔裤与大摆裙当道的那个年代，在幽暗的舞厅里，她的手怯怯地搭在了他的肩上，他的掌轻轻地托着她细如蔓草的腰身，在音乐里低低地飞翔，旋舞。要是能一辈子这么跳下去就好了，这真是一个美妙的夜晚！她想。

然后，渐渐耳闻他和他的女友分手的事情。再然后，他和她鸿雁传书。其实两个人同城，一个城东，一个城西，不过是，诗不喜在大庭广众下诵读了，而是，各自写在淡蓝的信纸上，塞进信封里，寄给对方看。

没有动用玫瑰这个道具，没有说出那句庸常的三个字的台词，只在那些分行的句子里，各自触摸着对方那一颗柔软湿润的心。

赶上星期天，他骑着自行车，载着她，满城的小巷子里转，像一对重生的蝴蝶。遇上一口老井，她都会要他停下来，然后走过去，趴在井沿边，临水照花似的，他靠着自行车，一只脚搭在脚踏板上，那样悠然地望着她，淡淡地笑，像微风中的树影，轻摇在铺满阳光的粉墙上。

一九九三年秋天的喇叭花，开得太过磅礴。放学后，他和她在小城的城墙根下漫步，看见墙头上漫然一片，爬满了紫色的喇叭花。他说：真好看，这喇叭！她说：紫色其实是一种极其忧伤的色调，绘画里，它是冷色调的，要是这么多的喇叭吹起来，那曲调一定悲伤至极，怕要凉了半个秋天吧？

他靠墙停下，转身对着她，说：要是这样，我就不让它吹了，我堵上它们的口！她漠然说：秋风起，花儿都在赶赴这最后的盛宴了，你如何堵去？起码可以这样堵的，他坏笑，说着，俯下身去，拿温热的唇覆盖她。只有她自己知道，他们的紫色喇叭花下的那一吻，已经无可避免地浸染了一丝忧伤的冷香。

学校里，已经到处在传说诗人顾城杀妻的事情，在那座思想观念相对保守的小城，诗人成了那些青春年少的学生们躲之不及的异类。小报上又爆出那几年许多写诗的人怎样的抛妻弃子，毫无家庭观念。他们说，诗人是生活在云端上的天使，无法下界来过烟火生活的。她的心一截截地凉下去，黑暗里，她睡在床上，睁眼到天明，只觉得四下里是无边的寒气。

她不敢爱了！不敢爱一个诗人了！

小城里的诗歌组织，也就在一九九三年顾城杀妻然后自杀的那桩文坛大事后，随着整个中国诗坛的沉寂，相继散了。一段时间后，一些人写起了散文，一些人写起了小说，还有一些人，再不写了，他就是。爱情和诗歌，在那个秋后，同时别他而去。他只当她，爱的是他曾经身上的光环，如今这光环倏然褪去，她就远了。却不知，她怕的是，天使终有一天要振翅飞去，不能给她一辈子的相守、一辈子的寻常烟火。她怕他对她的爱真也如一滴朝露，去日苦多。于是，含泪，提前，抽身而退。

想起他，想起他，再想起，再缓缓放下。

只要两个人有心，上苍总会安排重逢。再见面，是在网友聚会上，已近中年，鲜衣怒马。

十五年后，这个小城在网上有了一个人气极旺的诗歌论坛。是年轻人建的，却因了他当年的名气，把他的名字竖在了版主的位置上，当他是号令的旗帜。

她也不写诗歌了，写小说，圈子里小有成就。三十岁那年，潦草结婚，复又仓促离婚，如今一个人，黑夜用香烟丈量。酒桌上，各举了杯，没碰，就喝掉了。彼此都有隔世之感，心比回乡的晋人王质还要沧桑，才只十五年啊，仿佛多少把斧头都已经从手心里烂掉了。她问：你，结婚了吧？他答：当然，你呢？她笑笑，没答，只说：哪天去你家拜访一下嫂夫人，可欢迎？他说：好！欢迎！

只几天，她当真去了。她看见了他的妻，一个肩膀上披着大波浪烫发的女子，优雅，恬静。他的妻在厨房的灶台边，一根一根地理着新绿的、还沾着水珠的芹菜，时光波澜不惊，真是静好。他的孩子坐在电脑前玩着游戏，很阳光地笑。客厅里，桌布干净，地板干净。只几分钟，她就出来了，托词说临时有急事，她嗅出了他的家里空气里流溢的幸福。

回去的路上，紫薇花正一点点地零落，没有风，径直地落，紫红而单薄的瓣，像胭脂面洇了泪似的重，中秋了。忍不住想，当初要是勇敢地走下去，这个黄昏，厨房里那为他纤手弄芹的人，该是自己吧？原来，却原来，他是可以稳稳地，给一个女人一生的幸福呀！

陪我跳支舞吧！她约他。

依然一如从前，她抚他的肩，他托她的腰，慢四。只从前，音乐是风，引领他们飞翔；而如今，音乐在她听来，更像是涨落有时的潮汐。今夜，她是波涛上的小舟，他是幽暗的海岛，只供她暂时泊一泊，靠一靠。过了今夜，她还是远行的舟，飘在他看不到的风浪里。

其实，我那时真的喜欢你！

是啊，我也是真的喜欢你！

是旁边一对情侣的对话，她好奇看过去，他们已经转开了，只看见黑白条纹的裙子，在旋转灯下，蝴蝶似的翻飞。他笑笑，幽暗里她看见他依然洁白的牙，她也笑笑。

从前是不敢爱，如今是不能爱，爱情注定是远了，不提了罢。

今夜，不如跳舞。

她的初心，是一朵姑苏茉莉

多少年后，她靠在自家客厅的木椅上，有影子从心底掠过，仿佛燕尾惹着了湖面，眼底一层层渗出潮湿的东西。紫砂的杯子举在半空里，又一点点放下，茶是凉了。阳台外，是黄梅季节的雨，香樟叶上，千万点地落，雨脚乱乱的。

黄昏自一把缎子的小团扇上漫过来，像一袭隐秘的晚潮，往事就那样给带出来了。

那时，十七岁，穿塑料的白凉鞋，和带蓬蓬袖的连衣裙。胆小，腼腆，从不敢看男同学，至多一眼，然后慌忙逃开。

二十世纪九十年代初的学校，食堂是简陋的，吃饭是拿着白色搪瓷的饭缸子，到台子前排队。女生只有一支队伍，而男生有四支，因为学校里男生较之于女生，多得严重。每次排队时，邻近的那支男生队伍里，总有一个安静的男生，和她一道，一寸寸随队伍往前移。

那个男生，她记得每次到食堂里打饭时，总看见他就站在食堂前的报亭下看报。可当她排队时，一扭头，他就在她左边排着队了，和她对齐。她打好饭菜，出食堂时，又发现他已经站在报亭下了。

久了，她开始留意起那个人，是很文雅的一个男生，鼻梁上架着一副眼镜，应该不是同届的新生。在豺狼一样的男生队伍里，他的安静和儒雅像盛夏的院角茉莉，不抢眼，却叫人暗暗地心喜。

有一次，她放学后逛街，回来得很迟，食堂就快关门了，她拿了饭缸子飞一般地奔去。到了食堂门口，看见他在报亭下看报，手后面一个缸子，她想，他真勤奋，吃过了还在看报。透过报纸边角的橱窗玻璃，她迎面撞见他的目光，像峡谷底下的潭，朦胧而幽深。

空荡荡的食堂里，只剩一个穿着白大褂的打饭师傅了，她走过去，打完饭，一扭头，他在她身后排着队。食堂的师傅夹七夹八地说着什么，似乎是把他们当成了一对早恋的学生，相约着出去疯玩，所以回来迟了。她觉得莫名其妙，他也不向师傅做解释，只羞赧地笑笑，右手的食指抵抵鼻梁上的镜架。

回去，那晚，她睡得很浅，她觉得怎么可能那么巧合呢，她想他是在等她的，在报亭下等她，不然，他为什么不早早打饭，偏挨打饭师傅的那一顿训呢？

她那样娇小清瘦，走碎碎的步子，披长长的发，穿白白的裙子。在校园的林荫道上，像一只粉蝶低低地飞，格外的引人注目。尽管她安静，和所有人都有着海一般的距离。

后来，很自然，她收到了许多封来自高年级的男生的情书，那些男生在信里无一例外地亮出自己在校学生会里的职务、特长、成就……她私下里悄悄问过，写信的那些人里，没有一个是他。她很失落，也许，真的只是一场会错意的自作多情。

是过了一个暑假，她已经读二年级了，并且，有了一个不错的男朋友。他三年级，就快毕业。有一天，课间，他陪一个男同学到她前排同学面前借书，因为毕业班要在这学期把所有的文化课全部复习考核通过，下学期就是实习了。前排和他们说着，空气里仿佛有几丝离别的叹息在游移，像茶到腹中残留在齿间的苦，逮不着，但感觉到。

忽然，他折过身，含笑对她说，我去过你住的那个镇子。就是今年的暑假，坐船一路打听，就到了。船过了一个古怪有趣的桥洞，就到了你家门后，还听见了琵琶曲，不知道是谁家的录音机里流出来的。那真是一个好地方，像姑苏老街，人在船上，岸上是人家，街铺……难怪总觉得你像苏州的茉莉。她心里惊，茉莉？那曾是她在内心里给他的比喻。他不知道她此刻是夜幕下的大海，暗流澎湃，拼命遮掩。他说，回去的时候，月亮已经很高很高了，幽怨的琵琶曲一截截传到湖面，他想起了张继的《枫桥夜泊》……

那一天，她不记得怎么才挨到了晚上。晚上，她躺在上铺，隔着湖水蓝的帐子，看窗外的朦胧月色，有一点点的泪。是叶芝的诗：多少人爱你青春欢畅的时辰，爱慕你的美丽，假意或真心，只有一个人爱你那朝圣者的灵魂，爱你衰老的脸上痛苦的皱纹……

是呵，那么多的男孩子写情书表达爱慕，试图从纸上径直走近她的心里。只有他，冒着酷暑，荡着船，绕过十八道弯，寻找她和她的小镇；只有他，如此喜欢着她小镇里的小河、岸柳、石桥、桥下的月亮、空气里悠扬的音乐……她不知道，此刻，该喜悦，还是该悲哀。仿佛在苏州，在小桥流水的街角，她走过，她没有看见他；她远远地回头，他从灯火阑珊处走来。是一路，但到底，没赶上。

过了年，他们就准备毕业了。他的班上搞毕业联欢，她的前排拉她去，凑热闹，做台下观众。节目快结束的时候，他上台，说是献首歌给弟妹班的同学。那是一首《姑苏行》：

第一次遇见了你
是在那姑苏城里
小桥流水　船儿涟漪
岸上的有情人相偎又相依
第一次遇见了你
像是在我的梦里
蒙蒙细雨　月落乌啼
那是我一生最美丽的回忆
幽幽曲笛声
应着窃窃琵琶语……

歌毕，全场掌声轰然，仿佛月亮从清水里浮起，她的心里那样透亮地浮起两句：幽幽曲笛声，应着窃窃琵琶语。

多少年后，她这样坐在黄昏里，摇着缎子的小团扇，想起他提过的那首《枫桥夜泊》：姑苏城外寒山寺，夜半钟声到客船。此刻，她只觉得时空恍惚，岁月的河流上，她已经是中年的客，在远离姑苏城的小楼上，听寂寂的黄梅雨。

初心，就是生命里最初的一次动心吧。多少次，她被好奇的读者缠着要她说自己的初恋男友——现在的爱人时，她的心底就又掠过那人的影子，匆匆的，像老电影里的一瞥。只有她自己知道，她的初心，是姑苏老城院角的茉莉，小小的，湿湿的，白白的，幽静地芬芳。并且，永远只是一朵茉莉，开过了，也就开过了，结不了果。

青蛇绝恋

当我说出青蛇原是男儿身，他所深爱的女人是白素贞时，会不会一片哗然啊？

无论是《青蛇》《新白娘子传奇》，还是央视刚拍不久的《白蛇传》，都几乎不曾提起青蛇和白素贞之间的这段前尘旧事。大概是可敬可泣的白素贞，关于她，人们不愿再提及其他的花絮，而只认定了许仙这小子——关于爱情，经典似乎只能有一个。

可叹青蛇的这段千古绝恋，只唱在了几百年前的戏曲里，那个由京剧和昆曲同台合演的《白蛇传》的第一折《双蛇斗》里。

只因感君一回顾，使我思君朝与暮。峨眉山已修成正果的蛇仙白素贞恋恋不忘凡尘，她要去红尘中寻她尘缘早定的那个男人。

只是，生命里的有些人是禁不起一遇的。在青峰山的光华洞前，青蛇遭遇一场致命的邂逅——他遇见了路经青峰山的白素贞。只见她云鬓轻挽，裙裾飘飘，袅娜的腰身行走间恰似弱柳扶风，颦蹙浅笑好似林间飞花，水底沉月，腰间佩戴的双锋剑透出她在山林间修炼千年还没有尽数褪去的寒气，明眸顾盼间暗藏几分寂寞与哀怨——也是啊，远离尘世，寂寞了千年，也等待了千年。好一个行走于草木之间未染人间烟火的女子，浑身上下透出的都是天地的灵气，青蛇一声叹。

怦然心动的感觉就是隆冬后的一声惊雷滚过头顶，再孱弱的细胞都禁不住要战栗；就是坚硬的冰块陡然碎裂，慢慢在一线阳光里融化成水；就是含苞未放的花在暗夜里，冷不丁被一滴晨露唤醒，于是花瓣渐次展开；就是一场暮雨后，急匆匆行走于幽寂的树林于枝叶间偶然瞥见的一天星光；就是看她的第一眼，忍不住握住她的手说：我在哪里见过你！

太多的赞美只会把她往云端上推，离自己太远。男人爱女人，最好的方式就是给她一个婚姻，给她一个家。

于是宁愿背负一个轻薄的骂名，青蛇还是说出心里的话：仙子，我想和你在这青峰宝洞里做一对神仙眷侣，在飞瀑流泉之畔，在佳木香草之中，与你修身养性，求得正果。

白蛇嗔怒道：休得胡言！

青蛇道：这是实话，我只是遵从了我的内心，我和你一样都是在青峰翠谷间寂寞修炼了千年的蛇仙，都是一样渴慕着山川之外的那个尘世。可是初遇你的刹那，我已经知道，你将是我的世界，是我要走向的红尘。

白蛇听他言辞恳切，于是抬眼看他，只见他五官俊朗，身材魁伟，青峰宝剑腰间悬，勃勃英气中自有一番风流，并非山野间轻薄之徒，不禁轻叹——好一个干干净净的男人！于是说道：几千年前，我还是一条没有多少道行的小白蛇，不幸遭遇将被宰杀的厄运，是一个采药的小牧童救了我，将我买下再放生。半身尘缘早定下，我曾经许下诺言：修炼正果一成，就去人世续完未了的尘缘。人间有情，人间有信，已结尘缘的我怎能丢了情和信！白蛇言罢黯然泪下。

是的，有那么一刻，白蛇也是怦然心动的。只是我们一直不肯认可她有过心动，而是认为一个女人的婚姻归属应是从一而终的，一个完美女人的爱情更应是从一而终的。所以这么多年了，在白蛇的人生里，青蛇只是个配角，而在关于爱情的那场大戏里，他永远被人们隐在幕后。可是，青蛇真真切切地爱了，白蛇也真真实实地心动过。不然她怎会剑下留情，怎会让他陪自己在人间的一世行走？

只是遇他在那个小牧童之后，她要走了，她必须得走。青蛇说：你来之前，我的青峰山未醒，花儿未开，草木未翠，薄冰未解，百鸟未鸣。你来了，我的青峰山醒了。你走了，我青峰山的花儿为谁而开？草木为谁而翠？流水潺潺，百鸟啁啾又与谁去听？于是他出剑拦下，白蛇也出剑，同样的亮剑，一个为的是留，一个为的是走。无人知刀光剑影里青蛇背负着满腹的爱和忧愁，他想用冰冷的剑留下她又怕伤着了她，他注定是要输的。

当白蛇的冷剑直抵他的喉咙，他跪下了。他噙着泪仰面对白蛇说：既然命中注定无缘，为什么让我遇见你？既然已经败在你的剑下，我多么愿意在你的剑下痛快一死，只是我看你还没有看够，那么请你慢些动手！白蛇的心一阵疼痛，剑从手间滑落，剑锋立在青蛇两膝间的草地里。

青蛇跪步向前道：如果可以，望乞慈悲，饶恕我的莽撞，饶恕我的痴心妄想，我愿意终生做你的仆役，陪你去你的尘世，助你续那一段前缘！只要让我能日日看到你，我愿意从今后收起这份缠绵于尘世之外的情思，与你在人世风雨同行，若口不应心，定遭五雷之劫。

有人说女人的一生中，应该遇到三个男人：一个是远远地看她景仰她，默默地爱她，而她永远却不知道的男人；一个是把她尊为女王，只求做她卑微的奴仆并渴望侍奉她一生的男人；一个是将她收服，让她愿意放弃公主的身份，去尽心做他奴仆的男人。白素贞算是都遇上了，第一种是镇江城里所有嫉妒许仙回头怨恨自家娘子的酸男人，第二种是陪她一生最长受苦最多的青蛇，第三种当然是那个走了大运却无福消受的懦弱许仙。只是分量最重的却是青蛇。

白蛇皱眉叹道：只是你我阴阳有别，怎能一路同行？青蛇道：我情愿放弃一份男人对女人的感情，情愿化作女儿身随你，我愿意忘了曾经的我，我愿意从此我的前尘不再，从此我的江河封冻——只要还在你的尘世。白蛇扶起他，幽幽说：那好，我长你五百年道行，你做我妹妹吧，从此万丈红尘里，你是我的小青！

故事到了此处，我不觉双眼潮生。我曾经悲哀地以为：爱到了绝处，就只剩下剑下一死了；或者各走天涯，老死不相往来，于万人如海中，隐藏各自的形迹。但是没想到，还可以这样峰回路转，还可以以另一种身份，另一种情感去走进对方的尘世，与她一道经风沐雨。

与她一道游西湖，遇佳人，续前缘；与她一道盗库银，开药店，济百姓；与她一道为救许仙，水漫金山，大战法海。然后与她生离死别，眼看着要陪一世的人被关进雷峰塔底。法海题在雷峰塔上的咒语是：西湖水干，江湖不起，雷峰塔倒，白蛇出世。如此这般，还有谁救她？——都说人间有情，情为何物？人间有信，信在哪里？别指望那个懦弱男人许仙救她，民间还流传一个许仕林祭塔救母的情节我也不信，那样一个嫩生生的孩子担不了上辈人的恩怨。我知道是青蛇救了她，他随她一道出走于红尘，回去，他怎会丢下她！只有他才会对她做到有情有信，以一生的恋情去兑换与她的不离不弃！

他的这份千古恋情谁懂！我们只读懂了他一身红装底下的铮铮侠骨，可曾读懂过他铮铮侠骨里流淌的似水柔情？我们只知道许仙算是那出《白蛇传》里的主角，可曾知道青蛇才是陪白素贞在人世风雨里从起点走到终点的男人！

是的，青蛇的恋情，不是揽她入怀，共枕时光，而是藏下缠绵，换个身份，与她一路风雨同行。

在戏里相遇

梁兄你花轿早来抬

长宁河的尽头是无为大堤，堤外是烟波浩渺的长江水。二十年前，因为长江和长宁河之间的货物的上下转运，攒动着跑船人和卖力气搬货的人，这里成了繁华的小码头，叫：百子桥码头。

百子桥码头边，她开了个茶摊，上上下下搬货的人干完了活，累了，就要到她的茶摊里买茶，然后坐下喝，听她的录音机放的戏。她其实不是本地人，她男人在长江里跑大船，在这里下货。她见这里干活的人多，渴了就趴在水边牛马似的伸着脖子喝生水，就想起上岸来搭个棚卖茶，后来还卖些啤酒、花生米……品种慢慢齐全了些。逐渐，棚下聚的人就更多了，棚旁边跟了间砖砌的屋子，她男人天亮上船，天黑上岸。

他是本地人，在这里搬货，家里兄弟多，穷。搬货是个苦差，一船货下完，常常人累得虚脱。因此年轻人在这里攒够了娶老婆的钱，就不肯再来了。他大概兄弟多，家里的女人娶不完似的，忙完一个又一个，所以他一直还耐心地在这里搬货，似乎没打算走。他也来喝她的茶，茶棚里人多，她忙不过来，他就接过茶壶，帮她，彼此笑笑。

她喜欢听越剧《梁山伯与祝英台》，不忙的时候，就靠在椅子背上陶醉。他说：我们安徽的黄梅戏也好听，像《小辞店》……他不知道自己怎么脱口就说出了这部戏。她扭过头望着他说：唱什么事情？他答：唱的是两个人的戏，一个是开店的老板娘，一个是住店的客，两个人好上了……又分了……后来又……到后面他的嘴忽然就拙起来，断断续续地话说不完。

她听“十八相送”：书房门前一枝梅，树上鸟儿对打对，喜鹊满树喳喳叫，向你梁兄报喜来……人跟着哼起来，声音柔柔的，喉咙里仿佛藏着花香。他听得不甚懂，问她。她说：英台骂山伯是呆子，唉——英台是个女红妆，女的喜欢男的，男的还不知道，该骂。他笑得羞涩而迷人。

端午那天，他早早来了，在她面前，他激动到羞赧，说：你能不能坐坐我的船，我拿这些年攒的钱买了条小货船，在长宁河里跑……不过，今天不运货，上河头唱端午戏，是黄梅戏《梁山伯与祝英台》，我想载着你去看。

“观音大师媒来做啊，我与你梁兄来拜堂啊……”

戏已经唱起来，两条船靠在水边，船头是舞台，两个白面的书生站在那，一个舞弄着手里的纸扇，一个在那儿拱手行大礼。河岸上一层层坐满了看戏的人，树杈上也藏着人头，热闹得很。他的船不远不近地靠在旁边，怕不稳，他牵她，两个人坐在船头看这边的戏。一男一女的两个人，听到“楼台相会”那一截，不禁跟着欢喜，跟着相对泪下，倒也成了一对山伯英台。唱的那一对是上辈子的山伯英台，听的这一对是这辈子的山伯英台。

回去的路上，船在暮色苍茫的水面上缓缓地行着，两岸高低的绿树迎迎送送，长亭似的，金银花的香缠着野蔷薇的香，分不清在水上还是岸上。她坐在船头，把脚放在水里，脚指头勾着水，一路洒下碎碎的千万朵小水花。他在船尾划着桨，硕大的水花在木桨上跳跃盛开。两个人不说话，只有船头船尾的水花次第盛开又溅落的声音，像《梁祝》协奏曲里的《楼台会》，大提琴和小提琴缠绵而凄切的互诉衷肠。

快到百子桥码头了，她说：过几天，我就要走了，我男人的船不在这里下货了，他找了个新的大码头，再不来了……

他蓦地停下了手中的木桨，心像一座山顷刻间碎做一地沙砾，亿万粒沙砾里装的都是疼。这疼说不出来，只沉在心里，像黄沙沉在江水里，千百年都打捞不完。他有了自己的船，可是，从此都不见了她和她的茶，他该在哪里靠岸？良久，他说：我不会一辈子在长宁河里跑船的，我会买一条大船，我要下长江，去找你。

她上船临走的那天，百子桥上喝过她茶的人说：梅姐，你爱戏，今天就亮开嗓子，给我们来一段吧。她走出来，梳的依然是两根乌黑及腰的长辫子，穿的是白底的平布上印着细碎修长的绿竹叶的褂子，浅浅的两个酒窝在腮边荡漾着。她说：大家来送我，那就唱《十八相送》吧。

他走出来，说：我给你配一下戏吧。他望着她：……九妹与你可相像……此事多谢贤弟来——玉——成——

她回：……她品貌就像我英台……梁兄你——花——轿——早——来——抬——

只是声音哽咽，像在肠子里飘着，绕着，有十八里远，久久寻不得归处。

百转千回的，何止是眼底的长江水。她抬眼幽幽地看他，细声叮嘱：这回说好了，下辈子，你的花轿，要早早地抬来，我要和你拜堂……

怎生不见那个人

太阳还躺在枝头的鸟巢旁，他就来了。他想赶在太阳落山之前，找到她，跟她说上那句话。

磨磨蹭蹭的，院外有个人影，她放下手里正在侍弄的花儿，走出去。他说：我侄子组建了个庐剧团，要我去，我说，那与我对戏的人得由我自己定，就来找你了——孩子大了，你也应闲了。

她羞赧，忍不住摸自己的脸。半晌说：你的嗓子好，小生老生都还能唱，老旦我从来就没唱过，若还唱小姐，不让人砸台也要被人笑话的。摇摇头，进了院子，重又拾起侍弄花草的水壶。没有留他。

十八年前，他和她可是红遍那一个江北平原的庐剧角儿。台上，一个是风流儒雅的书生，一个是端庄俏丽的小姐。明艳如水的灯光下，踩着铿锵顿挫的锣声鼓点，帘后袅袅娜娜出来一个低首碎步的女子，环佩叮当，绿罗裙下掀起依稀可见的一缕香尘。及至台前，舒过腰身，驻足。缓缓抬起的一张粉脸上，是潭水似的眸，桃花样的腮。他着粉红的绣有牡丹的长衫，蹬镶有金丝边的高脚靴，双手作揖上前施礼，深情款款地唤一声“小姐”。

唱《七世夫妻》时，戏里的他和她，原是天上王母娘娘身边的一对金童玉女。只因在给王母祝寿的那天，不小心打碎了一只玉盏，被王母一怒之下，罚下人间，还背负一句恶毒的咒语：在人间，七世里都配不成一对好夫妻。一世里，他是万喜良，她是孟姜女。二世里，他是梁山伯，她是祝英台……

那一出戏，台上的人唱得哀转哽咽，香帕滴泪；台下的人听得柔肠寸断，涕泪涟涟。戏罢卸妆的时候，他说：如果是《八世夫妻》，该是这一世了！

那一年，在老公社大礼堂里，演一出刚从昆曲里改编过来的《牡丹亭》，下午一场，晚上一场，上午是演员对唱词。情节是“寻梦”那一节：梦醒来的杜丽娘忘记了梦境和现实的区别，在花园的好看春光里寻找梦里的那个人。在大礼堂上面小阁楼的窗台边，她不走碎步，也未施脂粉，只望着一窗的雨，轻启樱桃小口，一股清泉流出：那一边可是湖山石，这一边似牡丹亭，雕阑旁是芍药牙儿线，一丝丝垂杨枝，一串串榆荚钱。然后是一句幽怨的念白：唉——昨日梦中那个人，怎生不见呢？

像一滴冷雨，落在他的心窝里，然后通体透凉。他无言，他没有接着对下去。他和她，何尝不如此——只能是戏里的夫妻。戏外，在锅碗瓢盆里，在衣衫床被间，是没有他的气息的。他的家里有结发的妻。

那一出《牡丹亭》到底没有唱完，下午的时候，有人来把她接走了，之后她就再也没来唱过戏，一生的舞台只在悲情的《七世夫妻》和莺莺软语的小姐角色里。婆婆去世后，她就一直在家里操持家务，相夫教子。

台上的戏还得唱下去，临时寻来个小姑娘，替她的杜丽娘，唱得也还柔婉动人，可他忘词了。他款步上前，喊一声“小姐”，抬眼看去，还是那一件罗衫和头饰，还是那一色朱唇和胭脂，可不是原先那顾盼含情的目，不是那颌下的兰花指半遮着半羞半怒的脸。那一场戏，他唱砸了，至此再没上台。

这一次，他留在了侄子的剧团里，随剧团常去她那里唱戏。只是，他不唱，他在台侧低头拉着二胡。一张马尾弓，在他手里，推出去，拉回来，好似千钧的石碾，碾不碎人世间的苍凉不平事。

戏罢，散场，他总爱走到话筒前，对着黑夜的天空，用苍劲高远的老生唱腔唱一句：怎生——不见——那——个——人！台上的人笑，台下的人远远地回头，也笑。只有她，立在台下混乱的人群里，泪流满面。他不知道。

念周郎

36岁了。36岁的江北女子翻《三国志》，念念放不下一个人，是周瑜。

“羽扇纶巾，谈笑间，樯橹灰飞烟灭。”三国的历史里，那么多豪杰，最风流的是周瑜。驰骋沙场，豪气万丈，他是破空的浪，但句号画在36岁。36岁，周瑜病逝，在出征的路上，在洞庭湖畔的巴丘。直叫人世世不甘。那分明是一池的墨磨得荧荧乌亮，而一部鸿篇却只写了一半啊……

仰慕他不是一两日。隔着一千八百多年的时光，隔着《三国志》上那几页泛黄的纸，来仰慕周瑜。“美姿容，精音律，多谋善断，精于军略，为人性度恢廓，雅量高致。”是这样的一个好男子，要才有才，要貌有貌，闲来抚琴弄弄小情调，高堂上志向高远胸怀辽阔，吴中人纷纷呼他为周郎。

从来佳人配英雄。可谁能比上小乔，嫁一个正当年华风姿俊逸的英雄呢？相比之下，董卓太胖，曹操已老。“四大美女”里的貂蝉，是小乔同时代的女人，且闭月羞花，想必是要美于小乔的。但貂蝉只是连环计里一枚棋子，周旋在几个男人之间。这样的人生太险，不适合女人。英雄凯旋，她坐在几边，缓缓弄茶，袅袅水汽里，相对浅笑，这是小乔。貂蝉的人生哪里及上小乔的温柔富贵！所以，坐在周郎对面侍茶的小乔，该是妒煞了多少女子！

“曲有误，周郎顾。”是哪位如此冰雪聪明的小歌妓，不甘被英雄的目光忽略。她在堂下，絮絮弹了一曲又一曲；他在堂上，饮酒话战事。这分明是两条平行的线，永远不会有交集。他酒过宴罢，起身离去，自始至终目光没落下来，落在一个心里也仰慕他风采的小小歌妓身上。她黯然又不甘，情急生智，故意拨错了一根琴弦。一个不听话的音符飘进他的耳朵里，他在门口边，蓦然回顾，看向她，看向她拨弦的指。她比所有的歌妓要幸运，她得了周郎临去时的那一眸。她也比我们幸运，她生在与周郎同在的那段三国的时光里。

长恨此身错生，错生了一千八百年。

若时光可以洗牌一样重来，若人生如制坯烧瓷一样可以自己动手来安排，我一定要在漫长空阔的一生里，安排一次与周瑜的遇见。在他对面，轻轻叫一声：周郎！

相遇在少年。与周瑜同龄，16 岁。他生在士家，祖父是汉太尉，父亲是洛阳令。而我，只是江北一户寻常人家的女儿。如何能遇见他呢！唯有做一个卖花的姑娘，日日经过他家门前。春天卖杏花，夏日里卖栀子，秋卖海棠冬卖梅，从覆露水的晨到覆霜的晨，只有我的卖花声，无人应。他在高宅深院里，读书，学剑，会友孙策。即便在江北，即便在汉末，我与周郎，这样近，又这样远。

青春如此令人忧伤而无望。我想，只能将与周郎的一面安排在 20 岁之后了。

21 岁的那个黄昏，我在院子里给花们浇水，院子外，车声轧轧。剩下最后一瓢水，我响亮泼在蔷薇花根边，然后探头去瞧。是好长的队伍啊，为首的那个男人坐在高高的骏马上，我只看见了一副轩昂英发的背影。邻居们在窃窃议论：周家的公子带兵粮到历阳去了，要助孙策去平江东……我的心豁然坍塌出好大的口子！我用了一个青春来等待的男人从我家门前经过，却没能赶上与他迎面一见，只赶上了他骏马踏过后未散的烟尘。车声依旧轧轧，响彻一个小小的黄昏时的村落，然后渐远渐低……我知道，也许这辈子，恐怕都不会再遇上周郎了。

25 岁，周郎娶小乔。已由中郎将升为中护军，助孙策破了皖城，夺下了庐江郡。从此，周郎的人生是一匹亮紫色的锦缎，上面飞针走线，绣了牡丹后绣凤凰；而我，只是一根麻啊，即便揉搓得极长极细，又如何能挤进那璀璨华丽的经纬纹理里！我还是退出来吧，退到公元两千年之后，退到一本很旧很旧的史书边，远远思慕。

眼见着他镇巴丘，辅孙权。32 岁，讨伐麻、保二屯，枭其首领。33 岁，生虏黄祖部将邓龙。34 岁，担任右都督，与刘备合而抗曹，赤壁的烟与水里大破曹军。35 岁，与曹仁对峙南郡一年终获胜。36 岁，向孙权请求发兵取蜀。

36 岁，在去巴蜀的路上，病逝。

怎么可以呢！怎么可以这么年轻就病逝！马背上，他的胸膛分明还坚挺；长江边，他的号令声分明是铿锵！只是我没想到，劳累和忧虑，也一直如烟尘紧随马蹄一般，包裹着他铁甲之下的年轻的身体。

读周瑜的生平，读到的尽是紧锣密鼓的战事。烽火如血，鼓声震天，一日千里的行军劳苦，万箭齐发之下的性命忧忧，百十计谋之下的殚精竭虑……

每念至此，总要不忍，总要叹息。我想，若可以，我还是要将时光打碎重来，回到汉末风云里，回到三国年代。

满院的花草不浇了，一木匣的胭脂粉黛都弃进浇花的水井里，我要高挽了一头的乌发扎成椎形的髻，扮成男人去当兵，当周郎的兵。从小卒步步做到将领，直做成与周郎在营帐内一起谋划的人。暮色降临，一幅丝帛的军事地图在马灯下摊开，我指点圈画，献策献计，周郎锁了多日的眉宇终于展开。对着高山险水的方向，我将马鞭晴空里甩响，让我去夺去守。让我把汗水热血和智慧都献给周郎的事业，像花朵将花蜜与芳香献给蜜蜂和蝴蝶。让周郎因战争的劳苦与忧虑而折减的寿数在我这里统统补上，让他圆圆满满活到两个 36 岁，活到古稀之龄，甚至更老更高寿。

周郎的人生里不缺一个小乔那样的妻子，不缺一个弹错琴的歌妓，但一定不多一个勇士与谋士。夺取巴蜀，平定中原，我的一生从此融进了周郎的千秋功业里。同生死，共患难，做他的灯，做他的杖，做他的药，做他身后无声的影子。

是啊，我只在月夜里去河边沐浴，悄悄梳洗如缎的长发。我隐瞒身份隐藏多年的思慕，直到功业建成，直到周郎也打不动仗了要回去陪护小乔夫人。然后我脱下战袍，静静回到故里，做我平凡的江北女子。偶尔忆忆刀光剑影的时光，对着水里自己的影子，念一声：周郎!

是啊，周郎，一千八百年未见了，安否?

老冰棍

那时候，他和她是青梅竹马的一对小人儿。梅雨刚过，阳光在水栉树的叶面上随微风翻滚，像新擦出来的一件瓷器，明晃晃，灼人的眼。是午后，他和她不睡午觉，瞒着大人，往蝉鸣沸腾的地方去。

也是听大人们无意中说起，三个蝉蜕拿到镇上的中药房里就能换一分钱，他就悄悄告诉她了，相约着一起去捡蝉蜕。第一天，他们很快就在树根旁、在草丛里捡够了三十个蝉蜕。然后在黄昏，他牵着她的手，走到了镇上的中药房。两个小人儿不够中药房的柜台高，他抱起她的腿，把她的一张小脸举到了柜台上。他们得到了一毛钱，幸福无比，出了中药房，买了两根冰棍，一人一根。她说，冰棍真好看，像奶奶手上的玉镯子，清亮亮的，又像弯月亮一样白，真想天天可以吃。他说，行，我们明天还捡！两个幸福的人，一路说着，回了家。

后来，他们又往中药房里跑了好几天，每次都是三十只蝉蜕，换一毛钱，再换成两根五分钱的冰棍。中药房的阿姨喜欢上了这个脑袋瓜趴上了柜台的大眼睛女孩，后来收了他们的蝉蜕，还要和她逗几句。再后来他们的秘密被其他小孩儿们知道了，于是大家都捡，僧多粥少，自然，想凑够三十只很难。每次她都捡不了几只，可他，变戏法似的，一个转身，就是几十只。别人没有冰棍吃，他们还有，她牵着他的手，感到骄傲而幸福。

后来夏天过了，但她依然开心，仿佛一个夏天冰棍的甜都屯在心里了。然后上学了，一道去，一道回，书包重了他替她背。夏天再到的时候，就一道儿又去找蝉蜕。中药房的阿姨爱极了这个伶俐漂亮的丫头，把她收做干女儿，留她吃饭，却没注意柜台下面还有一个脑袋。

两个人一路要好着读完小学，读完初中，升高中。只是，都是家境不好的人家，底下都有好几个弟妹，他辍学了，外出打工。她勉强在高中读书，是当年的中药房阿姨——后来的干妈站出来了，拿了学费，供她读书。

暑假的时候，他再不会和她一道捡蝉蜕了。她也再没吃那冰凉清亮的冰棍，分外落寞，写信给他，问他，为什么当年别人都捡不到蝉蜕了，而他还能捡到那么多？他回信说，这是秘密，如果有将来，他慢慢告诉她，把一辈子的爱磨进去，掺和着，来为她揭开谜底。

只是，他们没有将来。

她高中毕业后，干妈家来人提亲，她老实厚道的父母赶紧答应，三年的高中学费都是干妈家出的，他们不敢征求女儿的意见，怕她不答应。毕竟，也是一户不错的人家，在镇上开着祖传的中药房，嫁过去，将来还可以接济娘家的弟妹们。

她哭。她写信给他，他没有回。她嫁了。

婚后，日子安稳。夏天到了，她站在柜台前忙活，接过婆婆手里的那杆秤。丈夫递给她一盒奶油的冰激凌，她说，她想吃从前的那种简单的冰棍。丈夫笑了，说，现在哪找到那种古董！

可是，就有那种东西。十几年后，在镇新辟的工业区里，就有一家名为“老冰棍”的冷饮制品生产厂家。

他十几年他乡闯荡，终于回乡创业了。在生产的名目繁多的冰激凌中，只挑了一盒老冰棍，托人送给她。随盒附了一封信，说，收到当年的那最后一封信时，她已结婚半年。信是同乡过年时顺带回来的，因为，他之前刚离开那打工的地方。在外漂泊不定，他没敢给她写信，只等着过年回来，哪知道……他说，那个找蝉蜕的秘密他原本打算用一辈子说给她听的，如今已经没有必要。其实很简单，就是一个人早点出发，背地里去更远的地方，爬进黄麻地，蹿上更高的泡桐树丫，找了蝉蜕，一个人揣着。等到牵着她的手一起找时，一个转身，趁她不注意，全倒出来了。他希望她天天有那冰棍吃，却不至于太受苦。

信只说到这里。至于后来，他早早出去打工，想挣钱，造漂亮的房子，隆重地娶她。就好像小时候，他早早出发，去很远的地方……然后一个转身，变戏法似的，弄出很多让她开心的东西。这些，他没有说。他想，她是懂他的，包括他的痛。虽然，最后他一个转身，去很远的他乡，再回来时，不见了她，不再有她和他一起吃那清玉一样的冰棍。

她剥开老冰棍菊花黄色的包装纸，露出的是一块长条形白璧一样的冰棍，淡淡的白，淡淡的清，只形状似乎比当年的瘦了些，像沉在水底的白月牙。

此时，楼外的蝉鸣一声声穿过厚重的枝叶丛，直往云霄处去，执着，热切，强劲，仿佛千万颗跳动的心。她想起蝉其实是一种寂寞而充满悲情的昆虫，在黑暗的地底下沉默多年，只为了最后在枝上那一季的深情表白。蝉的前身是中药，瓦罐里温暖的中药，但是没有后来，后来那是另一种薄衣过残冬的结局，很少有人问过。就好像她此刻手里的老冰棍，结局也可以是，化成了一纸的泪。

第三辑

长着长着就大了

夜色之下，烟花绽放，烟硝味弥漫的空气里，我闻到一阵一阵往事的味道。

在这个平凡的世界上，我们都平凡地活着，恋爱嫁娶，生儿育女，汇合成人世的河流……

我们路过悲伤，但我们不会停止于悲伤。我们会继续向前，制造一个一个小喜。

昔年同桌

正处草莽青春期的中学年代，十几岁，最喜欢妖精作怪，坚决不和男生同桌。

刚上初一，还很懵懂，可是就是不接受与男生小夫妻似的，同桌同写同读。

好像同坐一条长凳共孵一张桌子，男人的气息会像感冒的细菌和病毒一样，在空气里就近传播。

这样，搜索记忆，与男生做同桌的时代，大约就是懵懂毫不开化的小学低年级。

即便是文明还没诞生的那样古老年代，那几个同桌，相处起来，还总是疙疙瘩瘩。

男生和女生同桌，永远是秀才遇到兵。

我的第一个男同桌，个头很矮，说话又结巴。老师把我分配给他的时候，我拖着沉重的书包，坐在桌子的另一头，心上一片凋零。好像一朝同桌，我便是“终身为妻”。

那时胆小，只在心里一味委屈，不敢和老师对抗这样强大的命运，也不敢回家和大人说。

设若貌相不佳，有些歪才也可。可是也没有。

每下课，我就匆忙逃离座位，找女同学跳绳子。

我多么希望，我的男同桌，他是一个高高瘦瘦的男孩，有好聪明的脑袋瓜子。他数学题全都会做，考试总是第一，发卷子时候全班同学目光集中扫射我们的桌子。

他还要很幽默，说话动辄把女生逗笑。

他还力气大，有担当，桌子板凳坏了，他来修。开全校大会，他早早一人把板凳扛到大操场上……

他最好还有许多连环画，可以天天借给我看。

我想要这样的一个同桌。多年后，慌慌结婚，成为怨妇，后悔不迭，猛想起当年制定的同桌标准，觉得这标准也多么适合找老公。

是啊，老公也要像同桌这样，让我觉得有面子，也有里子。

事实是，我的这个同桌，无才也无貌。

夏天午睡，要在学校集体午睡。我睡不着，一翻身扭头，看见他睡得呀，九曲黄河一般。口水从嘴角流到手背，从手背流到桌子，一路蜿蜒地淌……整个地球都被他淹了。

因为总是战战兢兢地保持远距离，我的小屁股只沾到了长凳小小的一角，这是很危险的。

有一回，打了上课铃，都坐好了，他忽然站起来。他一站起，长凳的那一头就马儿扬蹄嘶鸣一般，把我掀翻在地。

羞得我呀，立刻成了红太阳，全班的向日葵小脸蛋都齐齐转向了我，哄堂大笑。

同桌呢，就傻不愣登地站在桌子边，手足无措。

你站起来时怎么不打声招呼啊？笨蛋！

我就哭。老师进了教室，到我跟前扶起了我，我趴在桌子上还是哭。不是为着疼，是憋屈啊。

哭自己的命呀。怎么就没遇个如意的同桌！

好盼望放寒假，寒假来了，我和他的同桌生涯就咔的结束。下学期，谢天谢地，我终于不是他的同桌了。

下课碰见他，彼此也不作声。从他躲躲让让的眼神里，我猜测，他大约是自卑。长得不高，成绩也不好，还老容易淌口水。而我和他同桌时，成绩比他要好得多，但不曾慷慨让他抄过一次。

后来，我们升入高年级，连我弟也上一年级了。

那年夏天，发洪水，我们放学都要经过学校后面一处淌水的地方。那里平时是一条小路，汛期时从路中间挖出一个缺口来淌水。过这个缺口时，我们都像助跑跳远一般，纵身跃过去，可是书包在后面打屁股，很影响技术发挥。

那天放学，我看见我的早已不同桌的那个旧年同桌，他就站在缺口那边，叫我弟把书包先解下来扔给他。我弟就扔炸药包一般，哐的砸过去，他身子一仰，抱怀一接。

接住后，他把书包转给别人，蹲马步一般，双腿横跨缺口两侧，将我弟抱着用力甩过对岸去。然后后腿一蹬，自己也过去了。

他还没走，站在对岸看我。他看出我的犹疑胆怯，又说：许冬林，把书包先扔过来！

彼时，他个子已经长高。我之后想想，洪水滔滔，他能于危难之时，伸手搭救我弟，还接我们的书包，完全是看在我们同桌一场。

这样想，就觉得抱歉起来，我从前不该那样无视他。

多年后，男女同学纷纷择枝而栖，娶妻嫁人。但我的这位平凡同桌，一直不知他的近况。他高中毕业，想要哥哥支援他一笔钱，去做生意，但是他哥哥没有借他。他一气之下，离家出走，再没有回来。

我不知道，他有没有恋爱过。有没有，把爱芬芳地传染给一个姑娘。

路过一个假姑娘

小学三年级时，有一个男同桌，着实可恨，是个假姑娘。

我们这个江边小镇，女儿生得多的人家，忽然生个小子，会珍重到像做贼，不敢堂皇拿出来当儿子养。于是，出现许多假姑娘。

假姑娘们，下课时，上厕所，上男厕所。放假时，跟小子们一道爬桑树、翻墙头、下河捉鸭子。

可是，再怎么猖狂，脑袋顶上会拖下一根乌油油的辫子。

男生女生谁不爽了，就冲着他们喊：假姑娘！假姑娘！假——

我就跟这样的一个假姑娘同桌。

他皮肤很白，白而多肉，却没有姑娘的阴柔秀气之美。

他总是衣服穿得很多。尤其冬天，穿得像狗熊，能听到他呼吸时呼哧呼哧的声音。估计在家里太疼爱，总是怕他冻着，所以用一层一层棉衣把他捆绑起来。

下雨或下雪天，常常是他姐姐来接他。经常是不一样的姐姐，说明姐姐很多，说明父母很老，说明他在家里的地位。我看着他臃肿的棉衣，替他热，替他累。

三年级的语文课，刚开始学写作文，我写了篇《我的弟弟》。我采用总分总的结构，在中间部分依次写了弟弟调皮、懒惰、爱吃三大特点。因为有案例有分析有结论，行文小羊羔下山吃草一般，很是畅快，被语文老师当佳作当堂宣读。

我那天放学很得意，因为不仅收获了老师的赞扬，还有全班同学的羡慕。不想，刚放学，就被我弟弟举着拳头追。

是谁把鸡毛信送到了我弟的手里？

是假姑娘，我的同桌。

语文课一结束，假姑娘就跑到我弟的班上，跟我弟大肆渲染。说我弟被我写得声名狼藉啦，猪八戒都不如啦。

可想我弟有多恨。

全班同学听老师读作文，都在羡慕作者好文笔，只有假姑娘像颗变异的种子，听后去找文中的主人公，不仅考证，还趁机蛊惑人心。

假姑娘太阴了！

我从此更加瞧不起假姑娘。咒他长大讨不到老婆。

教室里只要有臭气，大家纷纷手蒙嘴巴，交头接耳相问，谁的屁股没关紧？

我就指指假姑娘。我一看他，就像个关不紧的人。嘴巴都关不紧，都伸到我弟的班上去啦，屁股还能关得紧？

好在到了四年级，终于算是高年级了，政策适当放宽。

我在老师眼里，是最乖最聪明的，被安排和老师的侄女同桌。啊哈，终于可以扬眉吐气做人了。

回头看见那些个子还没长起来的女同学，依然和男同学坐一张桌子，吵吵闹闹，在桌子中间划楚河汉界，就好同情她们。

新学期，假姑娘终于剪掉不属于自己的尾巴，像小蝌蚪终于变成了四只脚的青蛙。他好像忽然庄重起来了，不再和女生作对，穿蓝色黑色灰色的衣服，盛大隐入男生的队伍里，和我们走得越来越远。

到中学毕业，我几乎彻底忘记假姑娘的存在。可是有一回过年，在小镇的超市里，一起排队付账时，竟遇到假姑娘。我看看他，他看看我，你是……你是……我们都手指对方的脸，大笑起来。

他说出了我的名字，但我不敢说出他的名字，因为我从前从未叫过他的名字，开口闭口都是假姑娘。

最后，他的省略号里终于补进去许冬林三个字，我的省略号就一直省略着。

他带他姐姐的孩子来买东西，抢着要把我的东西一块付账，我赶紧说我还没选好，做出往后退的姿势。

等我排队付账完毕，正要出超市，看见假姑娘还没走。假姑娘身边，我仔细侦察了一下，没有挨得特别近的真姑娘。难道假姑娘还没结婚？还没有女朋友？

假姑娘说：等你呢，把手机号码给我哈，下次小学同学会，我喊你，你要来啊。

我笑：小学，多么遥远啊，到底有哪些同学我早忘得以为是前世了。

我把号码报给他，他按手机，我的手机响，证明没错。

他就还像小学时候一样，写字时，一边写，一边念出声音，念出我的名字。

我呢，只能含蓄地，在一串陌生数字前面存下“假姑娘”三个字。我想，我以后只能被动地等，等他打电话时说出自己的名字。因为我不敢说：嗨，是假姑娘吗？

后来，回娘家，遇到一些已经嫁做人妇的小学女同学，跟她们提起假姑娘，零星获得一些信息。

假姑娘已经谈过好几个真姑娘，可是奇怪，总是谈着谈着，就谈分了。假姑娘对人家真姑娘也够殷勤的，可是奇怪，越殷勤人家越不买账。

好像还结过一次婚，悄悄的，因为很快就离婚，所以对外发布消息时只说没结过婚。

假姑娘的父母已经不在，所以每过年，他都是跟姐姐在一起过。

假姑娘以前在羽毛球厂上班，后来在姐夫资助下，自己出来开过小公司，经营得很平静，一直没有什么大动作……

有一回，我正在外地进修，晚上接到假姑娘的电话。电话里有好悠扬的音乐声，然后是假姑娘的声音。假姑娘说：“喂，许冬林吗？”

“嗯，我是呢。你在哪呀？”我跳过了他的名字。

“我在听音乐会呢！”

“哦……”听音乐会也打电话跟人家说，好像是表白他有多么风雅，真土！我心里想。

“我在听《梁祝》！”

《梁祝》？《梁祝》我听得多了，多得像听儿歌，有什么可说的。我心想，继续“哦”了一声。

可是，接下来，我听到假姑娘的声音不一样了，声音里含着泪意，越说越低，越说越像是哭。他说他是一个人来听音乐会，听到《梁祝》，心里好难过，所以打电话，就打给我了。

我在电话这头，语气立时温软恭敬起来，我听到了他的悲伤。

是的，当年的老同学，记得的，不记得的，多半彩蝶翩翩双双飞舞，只有假姑娘至今一人。他打电话给我，因为他说他看过我的博客，写了那么多东西，所以相信我能理解他的悲伤。

我也只能是理解，却无从解救。不能解救，那就做他的听众吧。

于是，我举着手机，静静地听他说话，听他的哽咽，听他的抽泣，听他的叹息，然后听他在悠长的叹息之后，终于解嘲一般扑哧一笑的声音。

2011 年 11 月 10 日，假姑娘身有小喜：终于结婚。是故意挑在光棍节之前一天，向全世界宣告，他不是光棍啦！我在电话里祝贺他，还约好，他带着真姑娘，我带着我老公，两家一道去听回民乐合奏《喜洋洋》。

过年回娘家，当年的小学已经夷为一个广场，晚上有许多大妈们在跳广场舞。广场旁边的超市门口，再次遇见假姑娘。而且假姑娘二代也已经诞生，一撮小贼毛，细细编起来，拖在他的后脑勺下面。我路过，扯了一把：我恨死你爸了，他最喜欢告密！

夜色之下，烟花绽放，烟硝味弥漫的空气里，我闻到一阵一阵往事的味道。

在这个平凡的世界上，我们都平凡地活着，恋爱嫁娶，生儿育女，汇合成人世的河流……

我们路过悲伤，但我们不会停止于悲伤。我们会继续向前，制造一个一个小喜。

我们一起洪荒过

就像孙悟空陪唐僧西天取经，什么样的妖怪没遇到过！屈指算来，读书十几年，什么样的同桌，没胳膊肘捣胳膊肘过！

我从记忆里，拎出先后上场的一串同桌，他们，有的只低眉占据心灵的小小缝隙，可忽略。提起他或她，完全可以省略三千字。

可是，蓝林不一样，她恢宏占去了我读书时光里的辽阔一片，成为我的大面积同桌。以至于我多年后每回忆那段读书不勤奋的时光，处处撞见她的影子。

我们是并蒂盛开的两朵心急的花。都是早早恋爱。找的是几乎同款的老男人，像棉鞋垫一样中用不中看。一起到食堂打饭，穿过原始的水杉树荫，一路小鸡啄米一般，絮叨着各自的棉鞋垫。

恋爱到后来，了无新意。我是少年老成，看人看事，针一般戳，一戳戳到根。所以，我的那场恋爱，到后来，我已生了收场的心，只想卷铺盖逃跑。

而蓝林，一毕业就嫁人。

每想起，我真想叹！我自己呢，也差不多，嫁得好早。觉得我们是被老男人围猎回去的小鹿，深山远林，我们的小蹄子还没踏上呢。就这样，成了他们的“盘中餐”。

我老觉得，我们经历过所谓爱情，但不如传说中的那样轰轰烈烈。或许是我们自己能量不足，像储藏煤矿的土地，储量少，埋得深，不具备开采价值，于是爱情的采掘机打此绕过，让我们就这样怀着热量却又寂寞地洪荒下去。

读书那时，我们一起聊老男人，一起逛街，买特别成人化的西服穿。

假装是成人，说明其实还小。这是谁都明白的真理。

我们那时喜欢把自己打扮得成熟。明明心上毛茸茸的才起了绿意，可是已经做出了割草的辛勤模样，把我们自己收割修整成端庄淑女。

迷恋舞蹈也是从那时开始。两个人托人，寻舞蹈老师来教我们，学跳民族舞，学跳古典舞。星期天，我们手拿绸扇，穿过热热闹闹熙熙攘攘的巷子，去舞蹈老师的办公室。那条好长巷子里，有卖碗碟脸盆和塑料篮子的，有卖藕粉乌枣茶叶的……一律的地摊货。在多年之前，在广场舞还没有蔓延成洪水一般淹没城市广场和公园的多年前，我们的学跳舞，在满城烟火琐屑对面，是多么高蹈啊。

我们，多么与众不同。

我们拎着绸扇和卡带，去见老师，心情比会老男人要甜蜜。

班级中秋晚会上，我和蓝林组合，跳了一支古典舞，收获掌声和艳羡目光。实习时，赶上节日，我们给实习单位编排了一支舞蹈，选的是好柔情的歌曲《梦江南》。江南那么绿，那么水灵，一如我们迷恋舞蹈的心。

在全县的文艺汇演结束后，实习单位的领导告诉我们说，专家领导一致认为，我们的那支《梦江南》在整台节目中位居前三……啊，好开心！于是，不回学校吃食堂，上街找馆子。其实，不过是吃碗面。

从十字街寻面馆，一路寻到南门尽头，从老板的奸猾与厚道的表情中，比较出面的分量多少，最后在南门外一家下岗夫妻开的面店吃的，我们装作要经常来吃面的样子，希望她碗里的内容饱满一点再饱满一点。吃过，回学校。路程太远，走回来，恐怕也已耗掉了肚子里小半碗面。想想划不来，决定下次不要再贪此便宜。

只是，很少有下一次了。

实习结束，就毕业离校。离校前几天，同室的同学，同班的同学，疯狂合影，以慰他日思念。

那时，流行歌曲《我悄悄蒙上你的眼睛》满大街唱。我们有一回翻看音乐老师的相册，里面有一张他和他女朋友的合影，是女的蒙男的眼睛，好逗好萌。于是，我和蓝林照合影时，我们就山寨了一下音乐老师的造型，我在蓝林身后蒙着她的眼睛，然后自己上身树枝似的微微旁逸斜出，咔嚓——咔嚓——兴奋不已，花朵含羞。

结果，仿版撞上原版正装。那天，音乐老师刚好打此经过，看见我们在摆造型。他看过，一笑，走远，留下我们这些盗版碟在那里吃吃吃吃……好不尴尬！

毕业留言册上，蓝林余兴未尽，又提起我们合作的《梦江南》。她说，庆祝我们的“初女作”《梦江南》大获成功。她一时激动，把“处女作”写成了“初女作”，至今赫然镌刻在我的留言册上。我每思旧时，翻开留言册，就迫切想，再见面，一定要把留言册带上，还要把涂改液带上，让她改掉。

蓝林结婚后，开始条件艰苦，和老公租房子住。

只有一间，好小，前后用印着繁复花朵的布帘子隔开。前面是客厅，置有拐了弯的沙发，和一茶几。后面是一张辽阔大床，红被红枕红帐子，好像天天是洞房。

我们同室的其他姑娘那时都还没结婚，很是好奇结婚的小家庭，有一种袖珍玩具一般的玲珑可爱。

于是终于相邀三人，三者插足，三个姑娘插进了蓝林的小家里。

吃过午饭还不走，挨到晚上，四个女人挤一床，挤走蓝林老公。彻夜狂聊，声音还奇大，爆笑声浪一波一波冲刷到客厅。

她老公睡在客厅沙发上，被吵得不行，已经到凌晨，还不得睡，终于忍无可忍，发起火来。

我们这厢终于寂静下来……

本来打算第二天下午走的，临时改了行期。第二天早上，我们三个插足女围在水龙头边刷牙洗脸，叽咕着吃完早饭就走。

奇怪蓝林家那时的水龙头也是歪着脖子的，出水口不是直接对下，而是斜左下。我伸手扳扳，水龙头坚决不正，像是替蓝林老公在赌气。生气我们霸占他老婆一夜。哼！你才霸占呢！要知道，我们和蓝林睡觉，可比你要早！

我一边刷牙，一边对着犟着脖子的水龙头慷慨陈词。

多年之后，再去蓝林家。蓝林已经换了新房子。她老公和我们喝茶聊天，殷勤万分。

蓝林说：那次你们走后，我狠狠修理了他一顿……

哈哈，哈哈……以后不必了，他是老公，而我只是，小小的，往年的同桌。我谦虚道。

以后不必了……以后，蓝林老公将成为蓝林永远的同桌。同一张饭桌、书桌、电脑桌。不仅同桌，还同床、同毛巾、同……他将像千足金那样纯粹，纯粹地盘踞在蓝林辽阔的人生岁月里。比我们还要大面积。

每一个同桌，最后都在时光里改道，融进了另外一个人的人生里。

胭脂横行

迷恋胭脂。是迷恋胭脂的那个艳，彤云曼妙舒卷的艳，浓情蜜意的艳。

第一回用的胭脂，是表姐结婚时送的。揭开盒盖，薄薄的一圈，那么红啊，简直觉得自己承受不起。是一个浩瀚的春天浓缩在一个小小的胭脂盒里了，我端不稳。

第一回用胭脂，是这样惴惴不安。莫名的不安。是觉得胭脂太媚了吗？是觉得自己太轻太薄了吗？胭脂一施，我就会化掉，化在一团薄薄的粉红里。

多年后，在诗歌刊物《绿风》的论坛里，读到一个女诗人的名字叫什么胭脂来着，才惊忆起当年的那不安，是因为胭脂那纷纷扬扬的红里，自有一份横行无忌不理不睬的妖娆。

岁月幽幽暗淡，我偏要一意孤行的妖娆。

妖娆横行，这是胭脂的气质。京剧里，花旦的眼梢腮边，就是这样的妖娆。那妖娆红云一路绵延荡开去，荡到发际。

那时候，在《绿风》论坛里，我也贴过诗《等着你来》：

等着你来

希望在分秒的杆上繁花满枝

顾不得去想水和根

顾不得想

在下一秒的寂寥里

沦为一束干花的命运

一晃，又是多年过去。多年过去，不写诗。回头想想那些写诗的日子，真如胭脂一般。是啊，连寂寞，连嗔叹，都是妖娆的。

诗歌不写，但胭脂还在用着。

觉得胭脂不仅艳，还暖。可以暖心，暖岁月，暖顾盼时的那神采。什么都可以断，相思可以断，痴情可以断，但，胭脂口红不可以断。

每天晨起，洗漱用早餐，踮着脚尖子在厨房与卧室间跑，又慌又乱，好像小松鼠穿过一片起风的林子。可是，只要胭脂一施，潦草忙乱的时光便倏地端然亮丽起来。对着镜子莞尔，是一朵映日夏荷，亭亭地，临水自照。

每次出门，收拾行李，也绝不会漏拣一盒胭脂。揣一盒胭脂上路，心里嫣然。即便贞静坐在冰冷的车窗边，即便孑然行走在陌生的人群里，也觉得自己是含苞欲放，可以随时花开。

女子如水啊，胭脂是暖的。胭脂来煮一煮，胭脂来烘一烘，我就沸腾，我就千朵万朵。就飞扬跋扈，就横行无疆界。

2010 年春天，在北京鲁迅文学院读书。那年，北京的春天来得好迟，到了五一长假，平谷的桃花才颤颤抖抖地盛开。一整个三月和四月，都是风，都是花讯迟来的落寞怅然。好在，有一盒桃红的胭脂，照眼，照寂寂春光。

胭脂是同住一个楼层的宣姐姐送的。宣姐姐是个优雅温和的女子，初看清淡恬静，走近便觉得她内心锦绣。有一天，她自西安回来，课间，将我的手盈盈一握：送给你！

啊，是一个小小的精致的盒子。是一盒西安的胭脂！

当时，感动得要命。没想到她那样细心，知道我爱胭脂，爱桃红色的胭脂。

这样的懂得！女人间的懂得，在一盒浅浅的胭脂上，却自有一种深意。这种眷眷深意，胜过英雄豪杰在宝剑浊酒前的那一躬身抱拳。一盒小胭脂，当时觉得灼灼生动，过后想起，已是荡气回肠。

因为太珍重，那一枚桃红的胭脂一直不舍得用。好像一用，友情就薄了就淡了。于是，常常拿出来看，看它满满的，像桃花春水，涨上堤岸来，但是还没溢，还没漫，真好。

最喜欢的胭脂，是不用的。

让它一直鲜红饱满。就像锦瑟年华，是不舍得它过完的，一天一天都不舍得。希望青春不老，希望胭脂不浅。希望，一辈子做一个胭脂一样的女子。

舞蹈家陈爱莲一定就是一个胭脂一样的女子。她 66 岁，还跳舞，不是大婶大妈们跳的广场舞啊，是舞剧《红楼梦》。在空旷清美的舞台上，她身着桃红短袖上衣，下着飘逸的湖蓝裙子，在舞台上翩翩如蝶，如早春微风里的花开。近古稀之年，一投足，一转身，还是那么轻盈、流畅，灵气十足。

舒缓的音乐声里，她永远是十五六岁的林黛玉。娇娇怯怯，柔柔的，忧伤的。

全中国难道就找不到一个年轻的林黛玉吗，让一个古稀之年的女子还跳林黛玉？有人说她是舞霸。她解释：林黛玉有四组，其中有一组是她的女儿，还有的，是她亲手培养的弟子。可是，在演《黛玉焚稿》那一场，人家指定就要她，非她陈爱莲不可。是比过赛的，不是她霸着。有些内在的东西，绵软深长的东西，是要靠岁月馈赠的，年轻也有年轻不能抵达的遗憾。

记得在一个访谈里，主持人请来了陈爱莲，还请来她先生和两个女儿。我特意跑到电视机跟前凑近看，看陈爱莲，和她女儿，到底谁更适合演林黛玉。

真是惊叹，一个女人，到了这样的年龄，举手投足间，一颦一笑间，依然可见一种轻盈和疏朗，一种明媚和清气。她是林黛玉啊，永远的林黛玉。翩翩，袅袅，永远的一枝扬州的早春柳。难怪她女儿说，家里三个女人中，最小的是妈妈。

是啊，岁月沉沉，她一颗黛玉一样的初心，不老，不染。是十六岁的胭脂。

在网上读到一句她说的话："我决不会宣布退出舞台。不演林黛玉，还可以演王熙凤，可以演贾母，同样可以进行艺术创造。"

真是亮烈。也真是欣赏，真是佩服。

人生，活就活个亮烈，活就活个惊心耀目的艳。不遮遮掩掩，不欲说还休。因为，人生那么短。

你瞧，山坡上的桃花呀，都开疯了。你瞧瞧！因为，春天，也那么短。李宇春唱，再不疯狂我们就老了……就老了。

但是，真要活到这样的亮，这样的艳，这样的突兀，太难。世俗庸常里，太容易被淹没，太容易灰暗，太容易，眨眼就老。

一个女友说，女人到了一定年龄，还用胭脂，真是大花脸一样可笑。

我一听，又是羞赧，又觉得凄凉。

我一直都在用胭脂啊。我的胭脂还在面颊上熊熊燃烧啊，难道，也可笑吗？

女人活到后来，就只能成为一个笑话吗？

从此，我就该立地成佛，寂然告别我的胭脂了吗？

也许是怕，再不用胭脂了。可是，心有不甘。

觉得每一个早晨都好荒凉。因为起来后，只有上班，没有胭脂。

出差时像做贼，会带胭脂。但是，躲在卫生间里，每每打开盒子，又怅怅合上。久不用了，情意就疏淡。

如旧恋重逢，相对寡然无语。其实，心底还是爱的，还是亲的，可是，已经口拙手生，时间茫茫，不知道从哪里拾起话题。

还是喜欢买。买胭脂，贼心不死，虎视那些寂寞的光阴。

只是虎视，只是怀着幽凉的野心，迟迟不敢下手。叹：胭脂不横了啊！

汉武帝派霍去病征讨匈奴，匈奴大败，退守焉支山，苍凉吟唱：失我焉支山，令我妇女无颜色。失我祁连山，使我六畜不蕃息。焉支山又叫胭脂山，据说山中生长一种花草，它的汁液红似胭脂，女人们揉取汁液用来妆饰自己的容颜。

想象当年，曾经那么骁勇善战的一个民族，也退守在塞北苦寒里，为胭脂而黯然叹息。就觉得，那小小的胭脂里，也自有一股长风浩荡的气息。

不甘心。也是不甘心。

我拨弄着我的百宝箱里那一盒盒胭脂，轻轻问自己：真的不用了吗？是真的永弃了吗？永不再见？

不！

我还爱。我还要。我还不服老，不死心，不打算鸣锣收兵。

我的岁月，以及我的心，都还未成余烬。我只是暂时冷却，还等待再次燃烧。

我的寂寞是有毒的。我是未充分燃烧的氧气，只是暂时做了寂寞的一氧化碳，还可以被点燃，还可以发光发热。那时，蓝色的火焰颤抖着跳舞，神秘，热烈……

到底是胭脂，不燃烧，不横行，便不能清凉寂静！

青春是一张数额极其有限的信用卡

有一年夏，我妖性大发。

大闹厨房：我不干了！于是跃身到某南方沿海城市，在一个舞蹈学校里，学跳民族舞。

住的宾馆在省委的旧大院里，同室的姑娘来自黄河沿岸某城。她长得泰山魁伟，五官也生得雾气笼罩，就是一眼看去，朦朦胧胧，不能迅速拣出眼睛和鼻子。可能是肤色暗沉的原因，下回再看，还是雾霭漫天。但仔细辨认下来，是美女，大眼，高鼻。

想起时，她的声音，她的话语，还历历在耳。如自来水冲进洗碗池里，一池隔夜未洗的碗碟汤匙，迸溅得声声入耳，让人忧郁而疲倦。

体格娇小的我，在高海拔的女孩面前，心有怯怯。想着，平时要记得察言观色敌进我退哦，否则不巧打起来，我顶吃亏。

白天我们都去上课，练舞，大汗淋漓，中午回来都累得紧紧闭了嘴，扑上床就午睡。晚上，就不好办了，夜长，必须得说话。

她跟我抱怨宾馆服务，没有预备清水，害得烧开水只能到卫生间，拿电水壶到洗脸池上的水龙头上接水。我抿抿嘴角，很温柔地嗯了声，表示我听到她说的话了。

我每晚都打电话回家，向后方报告学习内容和心得体会。她卧在邻床，欲听不听的样子，其实是听到了我的电话内容，窥测出我的前世今生。

有一回，冲完澡，她穿着睡衣半躺在邻床，没穿胸罩，一低头，领口暴露五谷丰登的硕果累累。我心里也猜想，她的来历和真身。

她终于主动开口：我有个男朋友，我一直犹豫，要不要嫁？你帮我出出主意。

男孩子很好，是对她很好。工资不高，工资攒着，十一长假，带她去海南玩，双飞。从黄河之滨，飞到南海之畔，吃住用玩，想来那男孩内伤不轻，要小半年细水长流地来修复。她自然是感动。

可是，她跟我描述她的感动时，情绪上像干燥的罗布泊，少了一点湿润和悠长的东西在语气里。

她觉得自己高高在上，被追求，理应受到那样血本无归的礼遇。

她父母也给她介绍一个，家里条件超好，男孩子的姐姐定居美国。若成，她便可以以探亲的名义，常去牛烘烘的老美，喝杯咖啡啊什么的。

她说的时候，仰面将身子放低摊平在床上，无限神往。房间里空调开着，冷气过于足了，我早已裹紧被子，龟缩头颅。而她，涂了玫瑰红指甲油的脚趾伸出来，仿佛已经一脚踏上大洋彼岸，仰面看自由女神的雕像高耸到白云深处。

我那时，嫩头嫩脑，相信爱情至上，相信穷小子总能等上鹊桥搭起的一天，然后自由来往。遂给她建议：选那个拿小半年薪水陪你飞海南的！

她没有激动回应。哦了一声，一点都没有拖长哦的尾音。

多年之后，我才恍然明白，其实她内心已有选择。

只是，那个拥有美国侨胞亲戚的男孩，对她不够热烈，不够主动。没有接她下班过一次，没有制造壮举过一回，就那么像月季花似的，开开停停，停停开开，一副你爱嫁不嫁的架势。她其实苦的不是难以选择，而是，两个人合为一个人就好了。能制造壮举，制造之后毫发无损，底气十足。

其实，她已经年龄不小，是春暮的海棠，开一瓣少一瓣了，而结实还遥遥没有指望。

学习结束之后，我们互留电话，各自打道回府。我没换手机号码那会儿，还跟她偶有短信来往。记得是认识的第二年夏，问她还去不去再进修一下舞蹈，她答说不去。我也没再去。女人，总是像个偷窥者，我电话临收线，熬着熬着，没熬住，问她结婚了没有。她沧桑一叹：没呢，还没遇上合适的！

原来，那两个都没成。

我赶紧结束通话，因为不知道自己接下去该传道哪家思想，儒释道，好像都不灵。其实，要嫁的男人，在她心里已经塑好了型，高富帅，还要一片忠心向她的痴情。

就像我认识的另一个老男孩，快半百的人了，还在初心不改地寻找林青霞一样的姑娘。

十年前，他遇上我，托我为媒，在我的闺蜜女友圈子里给他选老婆。我就当了真，给他介绍了一个贤惠的好姑娘，他见都没见。他要人家文艺，年轻，漂亮，而且是很文艺，很年轻，很漂亮。

第一回做媒，我灰灰收场，再不敢好事给他介绍姑娘。又过了五六年，快过年了，我正在街上打年货，两手沉沉好像西天取经回来。就在那时，他的电话忽然打来，以为是有什么要紧事，竟然还是要我给他做媒。我敷衍说，会给你留意的。大约是要过年，回家面对高堂父母，怕无颜。所以，没老婆也要带个回去，慌不择妻了，又问起我多年前给他介绍的那姑娘。

大街上车声喧嚣，我还是对着话筒庄严宣告：人家已经结婚，生的小孩都能替她去超市买酱油了。他长长哦了一声，很像那个上山砍柴看仙人下棋斧柄烂掉的人，回村子已经几百年过去。

山不转，水转。哪有姑娘塑料花似的不凋不谢，只等他来采。

一晃又是多年过去，他还在孜孜以求地找老婆，找很文艺很年轻很漂亮的姑娘。标准还是那个标准，不曾摧眉折腰地降低。可是，他不知道，他已经老了。

十年前，玉树算不上，临风也没有，但是尚且看得过去。十年后，放肆吃喝，吃得像快要吐丝分娩的蚕宝宝。他以为那小姑娘嫩草似的，一岁一枯荣地萌发青青，专等他这条老牛来啃。

那个跟我同室一夏的跳舞姑娘，在我换手机号码后，一断音信多年。今年，忽然在 QQ 上，彼此捞到对方。是她来捞的。她说忽然想起，就上网百度我的名字，找到博客，对照照片一看，捉到了。

哈，我笑起来，遮掩惭愧，她还记得我的容貌，而我想起她，只是雾气笼罩。

我又习惯性八卦起来，问她：早结婚了吧?

还没有。后来又处了几个，一年半载地谈，一个一个，都不合适，就拖到了现在。她说。

唉。青春是一张数额极其有限的信用卡，几场男欢女爱一刷，就刷爆了。再充现金已经不能。再充，那卡已经到了别人手里。青春是别人家的了，只有垂涎观望的份儿，只能看人家唰唰唰地刷卡。

有事没事，她就在QQ里给我留几个表情，我回的话就聊几句，不回那表情就晒成干鱼。她闲，我知道。但我很难闲下来，很少能静静陪她聊。

他和她，不是遇不上那个合适的人。好男，好女，是芳草萋萋，满山满坡都是。但是，要寻找一个自己一手捏造的糖人，哪有那么巧，人群里刚好就有!

以盛开的姿态，回敬岁月

你很美！

你很媚！

在满墙的大镜子前，我们这样给对方点赞。在木地板上，现场点赞。

想起来，已是若干年前，在南方一个城市学舞蹈，她是我的同学。真是忘年的同学，她六十三岁，是我年龄的两倍，还要加零头。

起先，我们不在一个班。我仗着自己早先跳过N支舞，心气嚣张，刚来学校，选班，我就选了高级班。几节课一上，已是心里冷冷发虚。后来，学跳阿拉伯土风舞，老师在前面扭腰，那腰啊扭得简直像做梦。没法形容。好像岩浆在肚皮之下，做千年的翻滚，只是翻滚。那种曲线的运动，火热野性不可抵挡。

老师示范过，轮到我们来做。我觉得我的身体好像皱缩在恐惧里，寸寸打结。我放不开。

火热的南方之夏，我冰冷而清醒地知道：我是永远跳不会阿拉伯土风舞了！逃吧！

就这样，我逃跑了。转战到中级班。谦虚学起来。

六十三岁高龄的她，娇小而干瘦，烫了卷发。初见，看她混在同学里，我以为，她是老师的助手。几天课上下来，见她始终一派比我还谦虚的样子，方知也是学生。

当时班上的同学，身份归类下来，主要是这几类：一类是幼儿园老师，来深造，回去好给娃娃们编舞蹈，然后参赛，拿奖，进职称。还有一类是高中女学生，文化课成绩不好，硬闯高考不行，于是走艺术类捷径，来学舞蹈。

我和高龄同学都不在此列。

我是纯粹兴趣，不想寂寞荒荒地等着成为乏味的中老年妇女。

她呢，原在省委某个部门工作，大学生一批批涌进来后，只有高中学历的她主动让贤，办了提前退休。退休后，不甘心荒荒度日，拣起从前爱的舞蹈，烛照他人，办起舞蹈培训班。

我问她：你的学生是些什么人？

她声音清脆地答：主要是和我一样的老年人，还有小孩子，上幼儿园的，上小学的，都有。觉得自己的身手不够教徒弟了，就来这里再学习再深造啦！

她一边说，一边揉着她酸痛的肩膀。她的肩膀、膝盖、胳膊肘，贴满了活血止痛膏，看上去，好像打满白补丁的旧衣服，很是诙谐可笑。笑过，又不由从心里冉冉升起一片敬意。

形体训练课上，我和她都坐在前排地板上，对着镜子做提沉。身子在老师的一二三四节拍下，云卷云舒，又好像睡莲打开花瓣又在暮色里缓缓收拢。

老师说：要注意面部表情哦，要从心里笑出来，觉得“我很美，我很美”，还有眼神……

她看着镜子里的我，努努嘴：你很美！

我笑了，面部表情倏地舒展开来。我也看着镜子里的她，眨眨眼，由衷赞美：你很媚！

她微微点头，皱纹荡漾于一张小脸：领受了我的赞美。

每天课间休息，我们除了大口喝水，来补充因为汗水淋漓而流失的水分；另一件，便是给你很媚同学贴活血止痛膏了。那些一片片方方的白药膏常常因为运动和摩擦，翘起边角来，甚至松动移位。

这样累，这样痛，连我们这些小伙伴都受不了，何况是她。所以，我每天放晚学，拖着散了架一般的身体回到宾馆，倒在床上想，你很媚同学明天应该不来了吧？

结果，第二天，她到教室比我们住在学校旁边的人还要早。她来了，也不歇着，对着大镜子温习回忆头天学习的舞蹈动作。我们在她的带动下，也叽叽喳喳地温习起来。她像个白骨精似的，把我们每个人动作到位的那一部分深深吸收，然后面镜训练，回头又自己示范给我们看，指出我们做得不规范的地方。

在现代舞的基础训练课上，我们做肩肘倒立。每个人都是自己做，没有别人保护帮助。基训课老师虽是个寡言少语的大帅哥，却也善解人意，特意叮嘱你很媚同学这个内容她可以不做。我累得浑身是汗，刚想羡慕你很媚同学，谁知她那里已经高高举起了她的双腿。我用眼睛的余光继续瞟去：两手规范地撑在腰后，脚尖绷得直直。

老师提示大家结束动作之后，我们起身坐起，望着你很媚，不约而同鼓掌。她开心笑起来，也鼓掌，为大家鼓掌。也为自己鼓掌：厉害！厉害！

这样的年纪，许多老人已经退休在家，不过做做饭，洗洗衣，带带小孙子。可是她，在这里，大汗满身，小伤满身，与其说是为理想，不如说是为一种生命的绽放。

在镜子前，她和我们一起，踏歌而舞，她内心已是盛开一个春天。磅礴的春天里，她知道自己有别样的媚。我们见证着她一层一层打开身体的春天，打开心灵的春天。

岁月赠她以皱纹，以衰老，她以自己依旧盛开的姿态，回敬岁月以莞尔。

你很媚同学中午不回家。她说中午来回跑两趟，坐公交，转地铁，太费时间，也耗精力。她把时间和精力攒着，都慷慨花在舞蹈上。她早上从家里来，备足了饮水，还带了吃食。中午我们回宾馆，她吃过回教室，及时温习上午学的舞蹈动作。有时，实在累不过，躺在木地板上睡个短短的午觉。醒来继续练：一二三四……二二三四……自己数节拍。

一个暑假的学习在汗水里很快就淌掉。初见时觉得她是异类，那么老了还来学舞蹈！分手时，还觉得她是异类，那么老了，没想到把舞蹈学得这样勤，也这样曼妙！

在分开前一个星期，我们每天下午放学后，会一起逛街。进过一个粥店，一起相对喝粥。还邀过全班同学，大家 AA 制，杀进火锅城，大夏天吃火锅，贪的其实是这种火锅似的热情。我们还一起品尝日本料理、韩国料理，在大街喝小贩的椰子……

年轻人吃的、玩的、学的，她都参与，她都奉陪到底。

她跟你一起，对这个拔节生长的世界，怀着好奇，和热情。

并且以不断更新的姿态，迎接这个每天都在生长的世界。

她有一颗年轻的心！

转眼已是多年过去。当广场舞像雨后的小花伞一样开得到处都是时，我每次经过那样的一群大妈大婶，总会在心底想起你很媚同学。想起，就觉得自己也被传染着，不敢轻言老去。

你很媚，应该有七十岁了吧。第二年夏天的高级班，我因为害怕阿拉伯土风舞，没有再去。听说，你很媚去了，勇敢豪迈地去了，继续深造。我想到老师的肚皮之下，有岩浆翻滚上升，就不自觉想象你很媚扭腰的样子。

会是怎样呢？她是不会听老师话，放弃不扭的。

她会一直扭下去！越来越火热！

给你材料，你敢接招动手吗

世上最冤大头的事里，恐怕有一桩：你辛苦读书，早起背单词，深夜做方程题，过关斩将杀进理想学府，刹车不住，继续考研读博，忽然一榔头敲下来：你是剩女！

啊，剩女！一不小心就成剩女。

本以为，烈火中修炼自己，还能修出一场烈火烹油的爱情，修来一个高富帅。没想到不是修，而是炼，把自己搭进去了，炼成了舍利子。

表妹读研，还不肯收手，还想着继续读下去，宏图大展读到博。我媒婆一般，在她耳边嘀咕：万不要孤家寡人地读下去哦，先找个男朋友，不妨拉来做伴读，咱先占个位置再说。否则，等试卷做完，等论文收尾，再找梁山伯，那时梁呆子早被人家扯回去化蝶去了，纵使同学会还见到，有什么用，是人家的了！

实在，剩女像传染一般。而且，剩出来的多半都是女中精英。本领超群，做事极其忠诚认真，好像齐天大圣一般。对啊，她们其实不是剩女，而是云雾缭绕高不可攀的圣女。

朋友小砚，80后，出生于书香之家，职业公务员。我每接触一个新圈子，总想替小砚做成一桩大媒。“人啊，生得白白净净，高鼻，大眼，尖下巴，身材也超好，林黛玉一样高挑袅娜……”

这么好的条件，怎么就耽搁了呢？人家就问。

接下来我就开始漫长的解释：自己长得漂亮，那么要找的男孩总不能面目可憎吧。自己身高接近一米七，那男孩起码得有一米七五以上吧。自己是公务员了，就想男的也是公务员，志同道合的要求也不过分吧。自己是书香之家的孩子，那男的好歹也得是有涵养的父母养出来的吧，不然，以后婆媳关系、亲家关系，容易说话不在一个调上……其实，要求的也不过分啊，公务员，面貌俊朗，身高一米七五之上……可是，能凑够这几条的人，等了又等，就是没有……

这么多年过去，我心有余力不足，一直没能给小砚做成媒。我思量了许多个夜晚，我们的要求真不过分，哦，想起来了，想起来，是小砚自身的条件好得有点过分，所以容易高处不胜寒。

人群里，多的是普通人，长得不够高，生得不够俊，背景不够好，饭碗不够铁。人尖子，总是少数。就这寥寥几个人尖子找对象，还田忌赛马一样上等马配中等马，中等马配下等马，能摊到极品女孩身上的，那男孩还真要有气魄。

小砚若是少了任何一样优势，都不会像现在这样愁嫁。如果长得矮一点丑一点，就不会要求人家长相，就会好办得多。如果……就不会……就会……

唉。真无公道啊！优秀的女孩子在那里形单影只，倒是咱们这帮庸脂俗粉在兴风作浪、指手画脚，饱受男人的宠爱与呼噜。真无公道。

同学小青，想当年是极品校花啊。一花盛开，我们千万朵就惭愧得不敢做花啦。在学校，被男同学一个一个追。越追越翘。

到底是骄傲的校花，浑身长刺的，男同学追一程，停下来，其他的接着追，接着停。

中学毕业，走向社会，继续被追。以为还可以一年一年地挑挑拣拣，冷不防，追求者不来了，都回家换尿布去了。

啊，怎么这样快！前年买的衣服还没掉色呢，怎么人心皆已大变。

就这样怕过年怕过年，还年年过年。身份证上出生年月日不改不动，可是自己每年相亲，报说年龄时，总是不一样的数字，只递增不递减的数字。

终于懂得打折待嫁了。略略降低要求，可是依然是：年龄和谐的条件差，不是离异，就是家底子差；条件好的年龄不和谐，人家嫌她老，已过了生孩子的最佳年龄……

回头想，如果不是校花多好。不是校花就不会多年被捧，捧出这样的习惯性骄傲，习惯性地挑。差不多了就嫁，功德圆满，皆大欢喜，多好，多好。

又想起另一个博学多识的老同学丫丫，她考得的各类证书在抽屉里，绝对超过我们的美容消费卡。

还记得当年，历史课上，我们当起小老师，在历史课本里选篇目来讲，像老师那样讲给大家听。我选了唐代诗人那一节来讲，插入不少野史逸闻，讲得很有些百家讲坛的味道。那时，刚读完柏杨的《中国人史纲》，看一个人从另一个比较宽松的角度写历史，觉得哗然有趣。那时，我们的课外读物还远没有出现什么某朝某代那些事儿之类的乱弹史书，多半是一色的板着面孔。大约是我开了先河，其他的小老师都热衷起乱弹文学史。

一贯沉默只低头读书的丫丫，有一天也上了讲台，她讲元杂剧。讲元杂剧，肯定绕不过关汉卿，绕不过《窦娥冤》。丫丫讲到了窦娥，血溅白绫，六月飞雪……正讲到荡气回肠处，忽然一阵阴风袭来。“冤啊……冤啊……”

人物台词都用上了，丫丫模仿起窦娥来，她看书真仔细。满堂学生，在她阴阴的声音里，无不吓倒。以致后来，下晚自习的铃声一响，灯熄之前，全班跑光光。鞋跑掉了都不捡，唯恐被丫丫逮到，对着耳朵说“冤啊冤”。

丫丫肚子里的学识越积越多，人也就越来越不识人间烟火。众人越活越沉，结婚了，拖家带口了，二婚了。她呢，越活越轻，一个人，一个人，还是一个人。一年一度的同学会上，从不见丫丫露面。她不屑于参加我们的酒宴，酒囊饭袋地度过一天，太碌碌无为了。

不见丫丫，倒是不断听说她又考什么了，又去哪进修了。她好像打定主意了，做永远的勤学上进的好学生。

见不到丫丫，想做媒也难下手。丫丫就这样成为我们那届中，唯一的圣女。

看来，有时候，处理不当真是，才华、容貌、学识都可能误人。被误的，都是奇花异草类的姐妹。

年前在街上遇一退休老同事，几年不见，红光满面。她有一女，生得娇小苗条，文文弱弱似可藏袖中，可是竟然凶悍读到博士。正当大家担心她会成为圣女，没想到博士刚毕业就让大家吃到了喜酒。嫁的男孩本科学历，厚道少语，老家在长江边一个小镇。众人愕然，之后释然。没规定女博士就不能下嫁本科生啊。如今小夫妻两个在西湖之畔筑巢生子，比《白蛇传》里的那一对幸福多了。是啊，比神仙还要神仙。

不是每上桌就有现成的菜可吃，有时候，就像《爸爸去哪儿》里的笨手笨脚的爸爸们，给你材料，但要自己动手。

给你一个没背景的本科生，你敢接招吗？与他共度琐碎日常，耐心把他培养，等他比博士生还要光芒万丈。

小气“熊猫”，内心住着初恋

朋友圈子里，有位上进的先生，就是特别小气。买一块钱豆芽，他能跟小贩还成八毛，临走还要揪上人家一大把豆芽塞进袋子里。

一个男人，小气成这样，实在世所罕有。因此，也就珍稀，也就得了一大绰号“熊猫”。

朋友们背后说起“熊猫”，相互交换亲历的关于“熊猫”小气的细节和段子，然后开怀大笑。笑过甩头，继续爆料，继续狂笑不止。

“熊猫”在男人圈子里这样成为笑料，不知道女人缘如何。

他呀，这么小气，哪有女人看上他！弄得不好还要倒贴！

这样的论断一致得到通过。“熊猫”就这样，不仅成为一个小气鬼，还是一个整天把算钱当成念经、不近女色的清修僧。

“熊猫”的人生一定了无趣味吧！

那只是我们的偏见。他的乐趣正在这扣斤少量的窃喜与得意中。

时间上溯到高中毕业那会儿，“熊猫”没事干，每日坐船过江，到江南的一个船厂做临时工。一日三餐，不在船厂，也不在家里，在江边一所偏僻中学里。中学里有“熊猫”的同学大臣。

大臣那时刚师范毕业，在那里做老师。工资好低，开始招待“熊猫”，每餐还能艰难弄出几个菜，到后来，就黔驴技穷了，只好下面条。

“熊猫”自己呢，会偶尔买点菜来支援贫苦地区吗？毕竟他自己天天也来吃，总不能老吃人家的呀。

“熊猫”一次没买过。大臣吃菜，他吃菜。大臣吃面，他吃面。大臣天天吃面，他就天天吃面。

吃了一个多星期。早上面，中午面，晚上还是面。

吃得大臣自己看到面就想吐。

终于吃跑了“熊猫”。

跑掉的“熊猫”，和贫穷的大臣还是朋友。

“熊猫”后来从船厂出来，工资分文未动，投资做生意。然后盖房子，娶老婆，很有些人模人样了。

终于慷慨起来，吃人无数餐，还人一餐。请大家去他家里。

那时候，请人吃饭，上馆子是最排场的，在家里就是不当事，就是小打小闹。不像现在，一请客吃饭，就在外面。只有最体己最尊贵的客人，才会引到家里，亲自下厨，弄几道私房菜出来。

“熊猫”和他老婆，夫妻两个在厨房里，雷公电母一般，一会火光闪闪，一会轰隆轰隆。以为会有倾盆大雨，结果几个小菜端上来，就略略让大家把胃弄湿了些，哪里指望能撑个半饱。

全打侧边球：酱烧茄子，冒充肉末茄子。青椒肉丝，其实就是青椒丝。据说有肉，但要扛着放大镜对着盘子找。酸菜鱼片是真的，但鱼刺在嘴里，舌头一掂量，就知道用的鱼是鱼孙子，而是鱼爸爸，更不可能是鱼爷爷。

此后大家再不去“熊猫”家。

不去“熊猫”家，上进的“熊猫”继续上进，生意越做越大，后来在江边竟买了一片地，盖起了厂房。这回，“熊猫”是大老板了。

富贵不回乡里，如锦衣夜行。富贵不请老朋友吃个顿把饭，谁买账你的风光！

大臣已经结婚，跟他的小娇妻吹嘘：有一个朋友，叫“熊猫”，是大老板，请我们去吃饭！

是的，“熊猫”请大臣一家下馆子。那时候，下馆子已经很普通了，没有什么神秘色彩。于是大臣夫妻两个欣然赴约，坐的是“熊猫”新买的轿车，到达一家土菜馆。临时，还打电话，叫来另一个朋友。没想到，四个人刚坐下，菜还没点，“熊猫”说有急事，开车跑掉。

丢下三个人，已经喝了店家的茶，熟人熟面的，不好意思灰溜溜撤退。于是，就随意点了几样小菜吃。

大臣自此再不吃“熊猫”的饭。也吃不到，因为“熊猫”一直就没请过。哪怕是报一星期面条之仇，请大臣吃一碗面条，也没有。

“熊猫”并不是不请客。也请，有人吃过“熊猫”的饭。

是这样的，他坐在桌子边，服务员把菜谱呈上，“熊猫”一一阅过，深思熟虑一番，然后指着菜谱跟服务员道：这个鱼，38 是吧，就不 38 了，32 吧！

服务员很意外，没遇到过点菜还还价的客人，就说不行。

那 33 好了……好吧好吧，34，34 啊，再不行就不点了啊！

服务员反应过来，是遇到一个小气鬼了，就在点菜单上写起来，34，成交。

然后，小鸡焖黄豆，35变成了30；百合炒香芹，18变成了15；凉拌黄瓜，9块变成7块5……

他就这样，一道菜一道菜地还价，还当着客人的面。弄得客人一个个红着脸，不好意思看服务员的脸，装作在用心地打扑克。

“熊猫”不脸红。他还价还习惯了。每个饭店酒店都还过。连买火车票都想还价。

菜依次上桌，自然，分量肯定会略略少一些。一帮客人，羞涩吃完一顿特殊的晚餐，然后出来，经过总台，等“熊猫”买单。

“熊猫”要求再打个七折，不行起码也要八折。老板娘说，每道菜都被你还价过了，从来没有过的，竟然还要打折！

“熊猫”就站在总台边，手里捏着钱，也不给人家，软磨硬泡，最后是九折。九折还不行，零头还要抹去。气得老板娘跳起来，要轰他出门。

“熊猫”成为大老板，小工厂升级为大公司，那些财富大约一小半是他开源而来，一大部分，恐怕还是他这样凶狠还价节流而来。

2012年，“熊猫”的公司投标，接了个1000万的工程。投标之前，要向对方公司交纳建设保证金400万。“熊猫”手头一时腾不出这么多现金，自然就要借贷，拿的都是几分息的钱。因为投标成功后，对方公司就会将保证金还给他。

结果保证金交出去了，投标也成功了，可对方迟迟不还。这才着慌起来，忙忙派人去对方公司视察，对方几乎是个皮包公司。

谁引荐“熊猫”做这么冒险的买卖呢?

是个女的，叫阿兰。是“熊猫”的初恋。

“熊猫”竟也有初恋！一时间，大家兴奋起来，比关心那400万保证金更积极，关注起阿兰来。

“熊猫”是被阿兰骗了！这个小气鬼，一辈子讨价还价，竟然栽在初恋手里。大家当着“熊猫”的面，揭露阿兰，骂“熊猫”傻蛋。

“熊猫”喝到七八成醉了，替阿兰辩护：阿兰也是被骗的，她不知道实情；阿兰是不会骗我的，我相信她！再说那400万，不是已经追回300万了嘛，说明不是阿兰骗我，后面的会陆续还回来的，不过，我付出去的高额利息是肯定赔进去了……

唉，估计下回吃饭，“熊猫”点菜还价的刀会砍得更加血肉模糊了。

我们自此知道，这世上还有阿兰这么一个人。那么小气的“熊猫”，内心还慷慨住着一个初恋的女人，对她，无保留地信任。

走进转角咖啡馆

忽忽间，已攒下一帮老友。

忽忽间，已沉淀出一片岁月浅滩在身后。

多年前，混一个论坛，报纸副刊的选稿论坛，叫“扬子文苑”。那时候，真是有激情，一天不上几次论坛就辗转反侧不得安。看自己的文章，也看别人的文章。

编辑的网名也叫得深远有幽趣：“午后的遐想”。我们常常丢掉遐想，直称她午后老师。午后每天来论坛里选稿子，初审通过的稿子，会在文章标题后面留下金贵的三个字“已下载”。所以，每天晚上，上论坛，看谁谁谁被下载了，一帮五湖四海的坛友，隔着薄薄的显示屏，拱手相庆，跟帖祝贺。

隔那么半个月一个月的样子，被下载的稿子中，终审未通过的，午后发帖，列出被毙的稿子题目。那是最人心激奋的时候，一个个，被毙得人仰马翻，却依旧，山花烂漫。

那真是一段很纯文学的时光。

后来，一帮子人觉得不过瘾，谋划着来次小聚会。

五一长假，在南京。都是第一次见面，啊，你是503啊！啊，你是红泥醅酒啊！啊，你是风中立人！怎么怎么？你是乡下玉米？对啊对啊，我是许冬林……

大家AA制，租了一间会议室，还请来编辑午后老师。没想到午后是那样优雅美丽的一个女人，像一块老玉，温和，圆润，通透，又博学多智慧。她闲闲道来，谈我们每个作者的文字，谈大家今后的写作方向。然后，三三两两合影，一张又一张，又热烈又腼腆地秀各种姿势。《扬子晚报》的记者后来也来了，还带来一面长而红的条幅，上面印着扬子文苑网友聚会的字样。我们牵开那红条幅，在饭店的后园子里照了张大大的合影，背后是一丛江南的细瘦紫竹，枝叶婆娑。

下午，一帮人换地点，转战街角一家咖啡馆，是个有些僻静的地方。我们好像是一路走过去的，那时，南京的老梧桐还没有被大肆砍伐，浓荫交叠，阳光覆下来，落在头上肩上脚尖上，都是绿色的。我们就那样，穿过长长的梧桐荫，去咖啡馆，却不为喝咖啡。我们是谈文学啊！臭味相投的一帮人，惺惺相惜，热爱着文学如同热爱着亲人，像水浒好汉一般仗义地谈对方的文字。

谈文学，其实，是以文学的名义，相互喝彩，相互鼓劲。以文学的名义，聚会，务虚，但是，觉得值，觉得生动，有意思。

晚上住在宾馆里，有文友的关系，宾馆额外打了折。晚饭是南京大学的一位教授请的，没想到教授也隐身为网友东山银杏，也在论坛发帖，和我们一起，为文学而狂欢。他说：许冬林啊，你不要选择全职写作，那样太累……

心底一阵热热感动。文学的小道上，是这样前呼后应，古道热肠，大家相逢一笑，珍重珍重！

第二天早上，离开南京。去车站前，特意去报亭买了一份当日的《扬子晚报》，那报纸还散发着刚出厂的油墨香，还登着我们头天聚会的大合影，上面紫竹青葱丰饶，枝叶婆娑，像我们每个爱文字的人，像我们的内心。

最难忘那个叫苏苏的女子。

她从连云港来。她站了六七个小时的火车，为参加这样一个小小的聚会，这个没有冠上任何奢华霸气口号的聚会。她来，只为爱文学。和我们一样。

当天在南大的晚宴，她也没参加。匆匆忙忙，为赶火车，赶着第二天上班。

瘦瘦高高的苏苏，烫着卷发，有着苏北女子特有的明朗和绰约。曾经，有某前任国家领导人去他们工厂视察，下车间，苏苏穿着蓝色的工作服，在领导的身后，高高挑挑的，很有一种蓬勃的朝气。那张照片似乎是在苏苏的手机里，我们传阅着看。

那时，我相信，苏苏的文字会走得很远。

她给我寄过他们当地的《连云港日报》，那上面登了我的小文章。还记得，苏苏在那篇文章旁边写了一两句话，写了“冬林”两个字，大意是对我的鼓励和赞赏。苏苏的字，工整娟秀有清气，像苏北四五月的水稻田。

好像热情不可能总是持续成熔岩喷发的状态，慢慢就慢下来，就懒下来。“扬子文苑”那个投稿论坛后来渐渐就不大去了，不只我，其他文友也渐渐懒于跟帖谈论文章得失事了。博客开始兴起来，之后又有微博，万象更新，大家都埋头打理自己的一亩三分地，上论坛的人越来越懒。

还好，还有个作者群。偶尔有什么，大家会在群里聊几句。多半时候，群也是冷清的。好像所有写稿的旧友们，不在写稿，便在闭关打坐。

得知苏苏去世，也是在群里。

凛然一惊，惊了又惊。苏苏是得肺癌走的。那么年轻的苏苏，像棵白杨树一样挺拔又高挑的苏苏，怎么会得肺癌呢？她的孩子还小啊！她的文集还没出版啊！

那段时间，群里是长长短短的叹息，为苏苏。之后，相继有回忆悼念苏苏的文章，贴在论坛里，是否被下载，皆不在意。只想着，要对苏苏说话，觉得苏苏还在文字里，还和我们在一起。

我没写悼念苏苏的文字。我读着他们写苏苏的文章，但我自己写不下去。我的心里像覆着一层霜草，不敢翻，一翻自己就觉得冷。

狐兔之悲。

是一种深深的狐兔之悲，震得我好长一段时间怕对键盘。同为女人，同为一个热爱文字的人，我和她，甚至我们一帮昔日的坛友，我们身上都有太多相同的东西。臭味相投啊！是工整地过日子，过烟火日子，又迷恋在烟火之间，有些不同寻常的清逸与悠然。

后来，在群里，看见苏苏的QQ还亮着，那是苏苏的爱人在登录。苏苏的爱人在咨询群里的文友们，关于出书的事。他在筹备给苏苏自费出集子，虽然苏苏已经走了一年。我的眼泪下来了。

我转身问身后的家人：如果有一天，我像苏苏一样，忽然走了，你会不会像苏苏的爱人，也来收集我的文字，整理出版？

问的时候，泪水又下来了。我知道，生命有多薄，有多脆弱。

忽然就想起关于一个论坛的如许之多的点滴，是因为新近，昔日的坛友又建了一个群，叫“转角咖啡馆”。拉进去的人啊，一帮旧人，当年

“扬子文苑”的老主顾。503 啊、风中立人、马浩、更深的蓝……群主叫一碗月亮。那年的五一，那个下午穿过梧桐荫的咖啡宴，她没参加。她在家，生孩子，错过，众人都以为是憾事。可是一想到有个小月亮生出来，众人又大笑。这个叫“转角咖啡馆”的群，连上群主，才 10 个人。真是个小圈子。可是，真好！

朋友说她在英国常常去逛咖啡馆，可是在下午，喝咖啡的人大多是老者。那些老者，吃过午饭，然后戴上帽子出门，沿着一条长长的街道走下去，走到尽头。常常，在深巷，在街角，会有一间古朴的咖啡馆。老人们走进去，三三两两围一桌，喝咖啡，聊天，不时爆出笑声。黄昏的阳光斜斜穿过玻璃门，在地上印出一片茸茸的白光，老人们于是再次戴上帽子，起身回家。

一定是一帮老友了。来喝咖啡，都不需要事先约定。

我希望这个世界多些转角咖啡馆，在我老的时候，可以随意走进去，热热喝杯咖啡，跟认识的和不认识的，都可以平平常常地聊天。

我希望，在喧嚷的尘世间，多一些转角咖啡馆这样的小圈子，来接纳匆忙的脚步。

说追随文学，毋宁说，我欢喜有这样的一些时光：可以在这里握手言欢，也可以在这里黯然神伤。

夜火车上的女子

火车令人怀旧，也让人忧伤。

坐火车慢行，觉得自己好像一枚执意老去的种子，忽然在露水里缓慢地转身，湿润苏醒。

有一段时间，特别喜欢夜晚坐火车，在黎明日升之前下车，整个旅程，是一趟夜行。无眠之夜，无眠之旅，袅绕着不可捉摸的巫气。

这样的旅程，往往不是太长，三五个小时的样子，就像从芜湖到杭州。

在硬座车厢里，也不熄灯，也不吵嚷，一个个面孔，浮雕一样静默在灯光里。看窗外，一片墨黑，整个世界寂静得像古墓。只有我们，并不相识的一车厢旅客，因为相同或相近的目的地，微微摇晃在灯光下，如同盗墓贼。

有一年，从北京到合肥，没买到卧铺票，只好选择硬座。T字头的火车，九个多小时。火车出了古城北京之后，灯火在窗外渐次稀落，几至凋零，世界越来越静。我坐在车窗旁，看不太清夜色，只听到铁轨咔嚓咔嚓，寂寞而单调。觉得火车好像不是在大地上行驶，而是垂直向下，径直往地层深处穿去……可是也不怕，因为一刹那的错觉，反而添了神秘，添了期待。

俯身在桌子上蒙眬小寐间，竟听得身边有一个女人的声音，细细碎碎地说。我抬眼瞥去，女人四十不到的样子，穿着朴素，一看就像是在北京做家政的。她身边是一个比她略微年轻的男子，在半低着头听她说话。女人说她的小孩被她的婆婆霸占去了，她想要来自己带，可是总不能够；丈夫听他妈的话，对她也不好，她想离婚。女人说的时候，眼泪下来了，一个人掏纸巾在那里擦。车厢里人很多，脚挤脚，包挤包，一个陌生女人的伤心并未打动他们渐浓的睡意。只有那个年轻的男子在听，给她建议，叫她不要太软弱。女子的诉说渐渐平息，像一条幽暗的小溪，在深壁峭岩前徘徊不去，渐渐干涸。那个听她说话的年轻男子终于耷拉下脑袋，在那里点头小睡起来。我想，也许人心如同酸碱性不同的土壤，会供养出不一样的植被。

这个软弱的女子，我记得她是在宿州下火车的，带着她的未干的泪，和无解的心。她下车的时候，天色还是深深的暗，火车依然像在地底下穿行。身边那个陌生的男子，跟她简单招呼了一声后，继续低头打着瞌睡。

到合肥，下火车，已是凌晨。拾级而上，抬头看高楼商厦，浑身一激灵，好像睡觉才醒。啊，这是城市，是人间，车水马龙，各走各道。回想在夜火车上遇到的那个女子，只像是一片暗影经过梦边。夜火车，本身就恍惚得像一个斑驳迷离的旧梦。

有时候，会觉得火车身上还弥漫着一层忧伤气息。站台，挥手，道别，此一去，或许经年不见，一路上都是想念。到了夜火车，越发令人无端觉得清哀。

还记得几年前，我们一大帮朋友坐火车去上海，几乎占了小半截车厢。选的倒是卧铺，可是因为兴奋，都不睡觉，分别恋在几个小格子间里，一张下铺上坐好几个人，上铺依然有脑袋垂挂在窗沿。说鬼故事。也是晚上，还没熄灯，三五成群拢在一起说鬼故事。窗外夜色如鬼魅，火车咔嚓咔嚓向前，说的人像个氏族部落的巫师，听的人兴奋又恐惧。来自西北的那位朋友说道：那一年，大雪之夜，我从朋友家喝酒回来，路上……我们正听得起劲，说故事的人忽然停下，跑了题，他说正听鬼故事的那个女孩子眼里有阴气。

什么是阴气呢？说故事的没说，我们也只当他是在故意逗我们，逗这个还没结婚的女孩子。灯熄之后，带着一点点的刺激和恐惧，各寻床铺，在咔嚓声中摇晃睡去。凌晨时分，有人还在打着呼噜，有人已经在翻身，残睡未醒。黑暗之中我轻轻拉一下窗帘，窗外是浅灰蓝的世界。晨气茫茫，巍巍远山，低矮的村庄田野，一一在晨气里孕育得初见轮廓。世界在黑暗里化为乌有，也在晨雾里再次转世萌生，每日每夜，生死轮回不休。

我侧身卧伏在窗边，觉得火车是轻的，大地也是轻的，都轻得像梦，但是，随着火车向前，随着天色渐明，又觉得一切慢慢找回重量，开始变得真实和妥帖。山脉被甩掉，城市被甩掉；小镇相迎，旷野相迎。夜火车，像个孤独的游侠，一身凛然剑气，又一身萧然，行驶在露水气息漫漶的晓色里。天和地被光明渐渐撑开，仿佛是一只寂然沉思的河蚌，慢慢张开它的蚌壳，将一列孤独又深邃的火车，轻轻含下……一列夜火车的孤独在光明里终于被接纳，然后到站，出站，尘世喧哗。

记得那次夜火车之旅之后，也就三个月后的样子，我的那位被逗眼里有阴气的朋友，坠楼，永去。她去之后，我曾暗地琢磨阴气两个字。之后才知道她那时正经历感情劫难，心情阴郁。她也是一列夜火车，孤独行驶中，遗憾错过了晓色黎明。

有一朵花，叫野蔷薇

我总会想起那一丛野蔷薇。在临水的院墙根下，开着淡白淡白的花，白得像月亮一样忧伤。地下也覆有瘦白的瓣，一片一片，泼泼洒洒，仿佛绿手掌没端稳一碗清水，风一摇，就溅出来。

我也总会想起少年时的她，那个叫小碧的女孩。

小碧与我，都是寒门女儿。我们小学同学，她坐我前排，梳很长的马尾，又黄又粗，梢子上还开了叉，她说那叫头发开花。我忽然觉得她好美，满头都是花。

那时中午上学，我偶尔会绕道到她家去，玩一会儿，再一道上学。她有一个很凶悍的父亲，嗓门又大。于是，每次到她家，先趴在她家的窗台上看动静，既而伸头到门边探，见她拿手招我，便呼啦一声蹿进了房。我最喜欢看她家的院子了，有蝴蝶兰、美人蕉……她很少跟我提她的父母，我猜她在家里大概不大受疼，但是她疼花，那院子里的姹紫嫣红，多半是她经营出来的。

她成绩不是很好，家庭作业也偶尔做不完，被中年长脸的数学老师叫到讲台上，用细竹篾抽手掌心，抽一下，她的眼睛就猛的闭一下，应该是疼的。我很同情。后来，老师提问，点了她的名字，她哆哆嗦嗦站起来，我趴在她身后，小声将答案递给她。再后来，老师在班上开展“一帮一”活动，安排我和小碧一组。放学后，我辅导她数学题，一桶油，倒掉一半，再倒掉剩下的一半，还剩 25 斤，问原来一桶有多少斤。她托了会儿下巴，又在纸上画木桶子，然后轻轻地对我说，是 100 斤。我心里有点酸，她其实很聪明。

她大约出于感激，送我蝴蝶兰和美人蕉的幼苗。那幼苗是她从家里挖了来，用纸包了，装在书包里，怕一下午幼苗失了水会死去，她就牵着我的袖子把幼苗藏在学校门前的池塘边，上面扯了一把狗尾巴草盖着。叮嘱我放学别忘了拿，还告诉我回家栽后，要记得天天浇水，她会来我家看的。我忽然在心底敬她，也敬自己，仿佛我们长大了，是立过盟约的人了。

四年级时，她那开着花的马尾已经剪掉，她说长头发天天梳费时间。其时，我去她家的院子，远远看见白白的一朵朵，在院墙边，煞是好看。待奔了去，低头一看，很失望，是野蔷薇。暗淡无光的叶子，薄薄的花瓣，家徒四壁的惨白色，整个一副花枝在微风里晃，孤独而不安的样子。我笑她：这哪是花啊？田埂上，大路边，哪里没有！她却神秘地告诉我说：路边的野蔷薇没人疼，我把它移回家，我奶奶说，野蔷薇也可以变成家花的，只要每年的大年三十晚上对花根边浇一勺肉汤，慢慢，它就会开出红花来。说这话时，她怀里抱着的妹妹正伸出手去揪野蔷薇的叶子，她小心地掰开妹妹的手指，理出野蔷薇的叶子，怕弄疼了妹妹的手指，也怕弄碎了野蔷薇的叶子。那是她第二个妹妹。

也是在这时，我才知道，她那个凶悍的父亲是她的继父，两个妹妹都是继父生的，她每天放学回家，大部分的时间就是照顾妹妹们，有时还要帮着妈妈做饭、洗衣服，所以总是作业做不完。而她的亲生父亲，在她八岁时就已经因胃癌死去。我听着她低低地说，忽然觉得，她就是那朵瘦弱的开着白花的野蔷薇，那样卑微被忽视，每一朵的开放都不艳丽，不隆重。

五年级，小学毕业，她已经不读书了。她母亲躲躲藏藏，终于给她又生了个弟弟，要她在家里好生照顾。春天再来时，我去她家，似乎是惦记她，又似乎是惦记她的野蔷薇浇了肉汤，到底有没有开出深红的花来。我问她，野蔷薇可开红花了？她摇摇头，大约失望得很。窗子外，拉挂面似的正下着春雨，隔着蒙蒙细雨，我看见院墙根下的白蔷薇，一朵朵歪歪斜斜地开，上面罩着薄蓝的雨雾，一种忧伤的情绪在花间漫漶。其时，我们在屋子里做布花，把一块块粉红的旧布裁碎，剪成蔷薇花状，再叠个三五片，用针线钉好，再串在一根根竹丝上，束成一丛，插在玻璃瓶子里，然后放在窗台边，看着，一点点地欢喜起来。

我没想到，这是我和她最后一次相聚在蔷薇花边。那之后，弟妹稍大，她出门打工，很少回家。再以后，听说她跟某某男孩子私奔，我母亲更是不敢让我去找她了，怕我跟着学坏。直到我出嫁，再没见过她，不知道她如今的生活幸福与否，不知道有没有一个男人宠她，把她宠成一棵开红花的蔷薇，一如她当年怀揣一颗爱怜与期盼的心安静地侍候一棵野蔷薇。

而我，多少年后，坐在这样落着雨的窗前，眼前又似乎开出一朵淡白淡白的花来，在雨中……忍不住，薄蓝的忧伤划过心底。我知道，有一朵花，在时光里开过，它是野蔷薇。只是，那时，蔷薇寂寞白啊。

骑单车的时光

历历记得，那些骑单车的日子。

像南去的候鸟，心上软软记着，春日南枝上的那些震颤欢喜的啼鸣。

和风，丽日，黑发长长飘在身后。一辆单车，在路上。

那年，骑单车，去老街，拍照片。同去的有大我一个月的堂姐，还有从宣城来的表姐。

我站着拍，抱着两只胳膊在胸前，微微侧对照相机，很像张爱玲最经典的那张照片。当然，那时，我还没读过张爱玲，更不知道这世上曾经有过一个写小说的张爱玲。

我穿着妈妈织的毛线衣，鸭蛋蓝，线是妈妈托一个亲戚从南京的一个绒线厂带回来的。我为那件蓝毛衣搭配了一件桃红色丝巾，那时就喜欢色彩浓烈对撞到飞扬跋扈。

我松松系着桃红丝巾，骑单车，在早春的风里。彼时，江堤上的草还没返青，远近的树木也都缩在一片暗淡的木黄色里。只有我，是生动的，这一身，桃红柳绿。

桃红柳绿在单车上，在春风里驰行，一路迤逦。

那一回照相的钱，是表姐执意要付的。她彼时已上班，在宣城的一个国营茶厂做会计，而我和堂姐则都是学生，刚上初中。

照片取回来时，表姐已经回宣城，合影照自然是我写信寄去。我那时自诩文采尚好，在写写说说的事上，喜欢戳出头来一马当先。

回头看合影照。看合影照里的自己贞静端然，好像春雾里的嫩笋，果然是学生。倒是那张单人照里的自己，有种不动声色的妖娆，桃红色的丝巾覆在鸭蛋蓝的毛衣上，好像浮动的一层彤云紫烟。

那是一个十二三岁的少女啊！

还没早恋。最爱骑单车。

骑单车，呼啸穿过早春的风日，去照相馆拍一张照片。照片里的少女，毛茸茸的稚嫩。一个女孩的美丽，在彼时，只是凉凉的刚落墨，还没有漫漶洇开来，还有着上朱红石青的颜色。

那张照片后来去哪了？记得在书里夹过好长的一段日子，自恋的时候就拿出来抚看。好像后来送人了，是送给他了，但没有在照片后面题句子。记得用底片加洗的那一张，在我终于长大不再青涩后，被父母收进家中的大相框里。再后来，父母也搬进了新房子住，老房子一直空着，那照片也渐渐受潮，黄掉了，粉掉了。

像青春。青春一点点剥蚀。然后，一去不返。彻底不返。

也是骑单车，跟大我四岁的远房四堂姐去电影院看电影，同去的还有四堂姐的朋友凤。我们一人一辆单车，穿过长堤，甩掉迢迢公路，好像小松鼠轻捷跳跃在春雪融化之后的大兴安岭丛林里。

看的什么电影，早已不记得，只记得四堂姐收获颇丰，交得一可心男友。

渺渺空阔的大电影院里，我们坐在第二排，前后坐的是谁我全没在意。我的心，完完全全在电影上，因为只有在过年时节，在正月里，大人们才会放任我去看电影。然而，堂姐那天却无心于电影，她身体不舒服，坐立不安，环顾左右，像个捂心的西施。然后呢，后排递过一件西服来。一个小伙子，脱掉了自己的西服褂子，借给四堂姐披。

堂姐和借衣服的人就此认识了，电影散场，人不散，一路私语。

后来，又连着看了好几场电影，陪堂姐看。其实是陪她约会。大伯那时特别凶，尤其四堂姐到了女大当嫁的年龄，大伯大妈唯恐她交友不慎，管得格外紧。而我，那时是勤学上进的乖女孩，是榜样，是标本，四堂姐要想出门看电影，只有拉上我，才能得逞。

我就成了陪恋的人。

每次电影散场，满头满脑的涨红，出来吐一口长气，然后掏出钥匙，开锁，骑车回家。但自从四堂姐开始恋爱，我们的单车再也骑不快。总是我在前面开路，堂姐和她的男友在后面慢悠悠骑着，不知道哪来那么多千年万代的话。我已经懂得不做电灯泡，不和他们一道。骑在前面，一路骑，一路等。太阳都快掉进河水里溶化掉了，也不敢一个人先骑回家，怕被大伯看到，大声问我：你姐呢？

有一回，我骑车，因为心里这样忐忑，连人带车掉进了路边的池塘里。吓着堂姐了，连忙来拉。淋淋漓漓一身水啊，单车上也缠满了泥和水草，好不落魄。又觉得好愧疚，给堂姐丢脸了：她家的妹妹这样呆！

多年之后，那个借西服的人成了我的姐夫。堂姐和堂姐夫结婚后去北京打拼，赚了些钱，回来做生意。如今，那个姐夫在菜市场卖肉，我每去菜市场，在他那里买肉，他都割给我最好的。我站在案边，看他舞弄亮晃晃的杀猪刀，总会怦然想起当年。

当年：电影院，西服，单车，还有我焦急的心……好远啊，好虚幻，好像那个骑单车看电影的时光是别人的，我们不曾有过。沧海，桑田，就这样翻翻转转过来了。

从看着别人恋爱，到终于自己恋爱，一辆单车，见证时光滚滚向前。

是早恋，跟他去逛老街。他骑车，我也骑车，并排着骑，一路说话，有时哈哈的笑里会呛几口春日渐暖的风。长石板铺的路边，经年累月，已经光滑可溜冰。石板路旁边，青幽的水泥贴贴补补，老店铺旁边红杏出墙一般冒着装饰花娆的新店，瞬间将我们吸进去。

买过一瓶夏士莲雪花膏，十八块。早晨洗过脸，沾上一抹，片刻在脸上清爽化开，化进皮肤里，洁净清凉，如初雪。后来，夏士莲二代出来，油腻些了，价格也涨到二十三块。用过，没用完，不喜欢，也总怀疑这二代的是不是夏士莲厂家生产的。

恋情渐深渐浓，恨不得成为一对连体婴。骑单车，两个人一辆单车，轻狂无视外人侧目。我坐在前面大杠上，贴在他怀里，他的下巴搭在我的肩上，滑进我的脖子。

完全是依靠精神而活，那样贴近缠绵，以为幸福得地老天长。多年后，清醒回忆，其实我坐在前面一点也不舒服呀，弓腰缩背，被压迫得几乎喘不过气。

那时候，跟他骑单车，每逛老街，必去那个卖夏士莲的化妆品店。店主是他同学，个子矮，头发打蜡，油光可鉴。最主要是人精明，精得像活水里的野生龟，我不喜欢他，连带着他推荐的夏士莲二代。

没有高烧不退的恋情。或者散场为旧恋，或者被招安为温顺的人间小夫妻。恋情薄淡之后，就是婚姻，就是朴素地过日子：老街渐渐就去得少了。

渐渐就不骑单车了。听说老街也拆了。

还是喜欢夏士莲一代，就是夏士莲雪花膏。有少女一般的洁净清凉，有梅花初雪的淡淡的香。

后来，与各种汹涌而来的化妆品牌子相遇，渐渐淡忘了夏士莲雪花膏。

后来，自己也买了部车子，第一回坐进去，有暴发户的惊喜，转瞬，又茫然若失。我知道，骑单车的日子，童话一样的日子，将渐行渐远。告别童话，告别卡通片里的张口大笑的向日葵，告别永远淡蓝的天，告别简洁清澈的光阴。

告别单车。

忘记追风，忘记追浪，忘记了时间里最初的生动，最初的摇曳。

每次陪他出门，或者他送我去外地办事，我坐在副驾驶位置上，双目炯炯，眼观六路八方，好像二郎神的哮天犬。白日朗照下，在九华山中路一十字路口，紧盯前方的一排大灯：好，红灯已灭，绿灯亮起，开过去……

那时，对面的马路上，密匝匝人群里赫然停着一辆亮白单车。那个骑单车的白衣少年，欠身坐在车上，一脚点地，耳朵里塞着耳塞，在等车流过去。他安然又生动，多像当年的我们……

你说骑单车的日子呀

喜欢轻轻哼唱着歌谣

喜欢对自己灿烂微笑

享受的每一秒

纯纯味道

……

不提繁弦

慢慢心懒。慢慢，就不喜了那些急管繁弦的浓烈与热闹。

多年前陪孩子看电视连续剧《西游记》，看到孙悟空重回三星洞，寻找师父菩提祖师的情景。一别再回来，眼前已是人去楼空，蛛网破败飘荡在风中。孙悟空一句又一句“师父”地呼喊着，只是不复见人面。那一刻，我泪湿，因为成年人会明了：聚之后，是长久的离散。

孙悟空寻师父不见的悲伤，想来孩子那时也未必能懂。这样的悲伤，戏里也没有急管繁弦地去用力表现，只有悠扬的箫管之音，衬着悟空含泪的双眼。这样的表现手法，有余音绕梁之效。这也是中年人的手法。避免锣鼓喧天，避免直面相对，往往能以一胜百。

从前，似乎是喜欢急管繁弦的浓烈。喜欢有浓度的生活。一瓢子舀下去，捞上来的是密密匝匝的欢歌笑语。

还记得读小学时，数学老师为了激励我们挑战有难度的课外数学题，许诺大家做完了题他便给我们讲一段《西游记》。他讲，孙悟空当初拜师要学长生之术，师父愠怒，用戒尺在他头上敲了三下，聪明如悟空，当下便明白须三更半夜再去拜师。果然师父在等他，自此传他七十二变的本领。

我们那时，攻数学题也如学七十二般变化，又兼后面会听到嘭嘭嘭打妖怪的故事，别提多欢了。那时，也多想做孙悟空。铙呀钹呀琵琶呀，日子响亮。看我降妖除魔，看我七十二变，看我打打杀杀一个跟头十万八千里，看我生命不息战斗不止。这大约也是一种繁弦急管的人生。而数学老师似乎也没讲过有一天孙悟空闯了祸，推倒人参树，再转身千里寻师而不见的情节。现在想，即使老师说了，我那时也未必上心。

心恋着高处的繁弦，哪里听得见低处的悠扬。

有一年夏日，在朋友家听她女儿弹古筝曲《林冲夜奔》，像有一万匹马在夜色里奔突。我知道，那些稠密的音符，是一个末路英雄，是一个中年人，心里长出了一万匹马，长出了四万只脚步，在狂奔、狂奔……恍惚间，耳边眼前，仿佛簌簌飞着雪。

这样的曲子，听了令人胆寒。我实在害怕人间的脚步走成大弦小弦嘈嘈切切续续弹的局面。同样是古筝曲，我更愿意听《美女思乡》，一弦一柱，轻拢慢捻，说说停停，说那芳草有涯而故乡情无涯。

年轻时，也许有这样的豪迈和胆气 ：“店家，上一盘大肉，来一壶烈酒。另外，再来一曲《林冲夜奔》！”

如今，害怕热闹欢聚的场面，害怕浓酽不化的情意，害怕姹紫嫣红、花开到盛，害怕……

害怕急管繁弦的奢华与隆重。

也害怕自己哭。

愿意把泪水细细地磨，磨成迷离的水汽，让它弥散，弥散成咸湿的空气，弥散成一个人的雨季。诗人舒婷在《神女峰》里写 ：与其在悬崖上展览千年，不如在爱人肩头痛哭一晚。

其实，大街上那么多沉默的中年人，是宁愿站成一块孤独的石头，也不要松开自己，去哭一场。

不能决堤。我们在日夜给自己加固堤防。我们看管自己，像看管一个黑暗的贼。

多少年后，你才发现自己不是孙悟空。你穿越那么多江湖，一日日明白，十八般武器的沉重。

那菩提祖师到底身在哪里呢？想必在万人丛中，含泪隐忍，徘徊顾眺。他隐身在断墙破瓦之后，借一段荒芜，躲掉了人间这一场场炽热短暂的堵面重逢。

是不忍见啊！我的悟空。

吵醒一只蜜蜂

它胖得像祖母，圆硕的半截身子在墙洞里半隐半现。它是独居的。乡下的冬春墙洞里，多的是这些独居蛰伏的蜜蜂。我用手指长的小细树枝伸进豆大的墙洞去，拨它。它嗡嗡地哼着，仿佛睡觉被吵醒，愤愤地翻动滚圆柔软的身体——就是不起床。可是，我有的是耐心拨它出来。

春日这样长，阳光米浆一样，从灰黑的屋瓦上摊下来，摊到泥墙和砖墙上，摊满门前的院子。母亲和伯母们在院子里的阳光下纳鞋底、织毛衣，奶奶侧卧在玻璃窗内的白棉帐子里静静午睡。我和弟弟、堂姐在屋檐下掏蜜蜂。

我拨动细枝，加快频率，仿佛赛龙舟时的木浆挥动，墙洞里的细尘翻飞在阳光的碎片里，简直像是浪花飞溅。我拨动细枝，细枝尽头毛茸茸的木质纤维上，仿佛蘸满我的叫嚣——这叫嚣落在蜜蜂的背上、腹上、翅膀上。蜜蜂落进四面楚歌的境地了。它被我的细枝包围袭扰，它躺在墙洞里愈加不安，发丝般细黑的腿足缩起来，折叠在腹下的阴影里，只把身体努力团起来，全力抵抗着。

它不知道团成半球状的身体更容易被擒拿，我用细枝末端一勾一撬，它就连滚带爬狼狈滚出墙洞——我掏出来一只肥胖的蜜蜂了！它滚落进我掌心的玻璃瓶里，仰面躺在瓶底，茫然的，仿佛又愤又惧，挥舞着细腿细足。很快，它翻转身子，摸着了方向，踉跄似的振翅，在瓶里嗡嗡，四面八方撞击玻璃瓶壁。它撞一回，失败一回，大约鼻青脸肿了，它终于偃旗息鼓，趴在瓶底不动，仿佛在喘息。

它像祖母一样慵懒睡着，硬是被我吵醒，无辜成为我的瓶中物，它一定又恼恨又不甘。它终于放弃挣扎，只身体贴着瓶底，随着瓶子的摇晃颠簸，像躺在甲板上一样滑来滑去，不情不愿地成为我们的玩伴，伴着玻璃瓶之外的我们消磨着长长的春日午后时光。

有时，我会旋开石青色的瓶盖，像是为它打开天窗。它愣了一会儿，它的翅膀似乎感知到风的流动，感知到阳光的照射，它又振翅了。盘旋着，肥胖的身子攀升到瓶口，就快要逃窜。我啪的一声赶紧盖下盖子，然后摇动玻璃瓶，摇晕它。它又瘫坐在瓶底了。我欢喜不尽，仿佛掌握一个宇宙一般掌握着它的命运，仿佛在做着恶作剧一般怀着窃喜。

我开瓶子关瓶子，又开瓶子，又关瓶子——它精疲力竭，收拢双翅，贴着底部瓶壁，似乎在与我做着沉默的对视。它定住了，周身的灰黄绒毛在阳光下立着，一根根明亮且历历可数，它像个大半老的贵妇。我将菜叶子掐碎，撂几片进去，它侧侧身，踩几脚，似乎嗅到了菜叶的清气。它像被菜叶的气味唤醒，又开始展翅，却飞不高。它拖着展开的双翅，贴着瓶壁且行且停，它像是穿着黄黑条纹衣裤的祖母，腰间围裙展开飘摆，灶上灶下地忙碌。

堂哥不知何时也加入我们掏蜜蜂的游戏，他年长我们几岁，到底比我们有阅历。他说，蜜蜂可以吃的。说着，他捏住一只蜜蜂，撕断它的身体，从蜜蜂的腹腔内拖出比芝麻粒稍大一点的蜜囊。堂哥说蜜囊是甜的，那里装着花蜜。弟弟和堂姐叽叽喳喳的，想吃又不敢吃。

午睡的祖母大约被我们吵醒了，她一边穿袄子，一边推开玻璃窗，嗔道："丫头小子们这样害，又捉蜂子吃了！"

我看见微微肥胖的祖母自屋内缓缓步出，边走边系她的宽大围裙，我心上陡地惶恐惭愧。我转身小跑，找个墙洞，将精疲力竭的蜜蜂倒出来，胡乱塞进墙洞里。

风微微地吹，地上的树影子和人影子都长了。远处，许家塘对面的田野上，油菜正在起薹，红花草正在吐蕾。惊蛰到了。蜜蜂要忙了。

第四辑

风慢慢吹，我们慢慢老

我们飘荡在江湖之上，是一个个行旅者。风慢慢吹，我们慢慢老。

老成一棵他乡的乌桕，就知道了秋很深，霜很冷。

走成一棵秋天的乌桕，就知道了江湖辽阔，知道风霜敲打出来的繁华高峻而沉实。

花入杯

他伸手摘下一朵槐花，掐去绿色花托，然后将花瓣洒进杯子里。

他是我的老师，彼时我们在江堤脚下的一所学校里，在学校后面的花荫下。是春暮天，槐花开得正盛，累累簇簇，巨浪一般在枝头翻涌。下了课，男生女生都拥到学校后面的草地上，老师捧着杯子也来了，和我们有一句没一句地聊着，女生似乎更喜欢围着老师。老师彼时年轻，大约还是学校文学素养最丰厚的一位，那时他喜欢穿风衣，秋天梧桐叶落时会在黑板上写李煜的《相见欢·无言独上西楼》。

那朵白花浮在老师的玻璃水杯里，也不沉，荡荡颤动，慵懒，仙子一般。老师轻轻笑说：这花可以吃的。

哇！我们一惊。老师说着，又摘了一朵槐花放进口里，微微咀嚼着。有女同学也跟着效仿，嬉笑着，纷纷摘花来吃。上课铃还没响，花枝乱颤，三朵两朵地落在草地上。

老师品尝出来的花朵味道，一定不同于同学品尝出的。我站在窗台边，看他们吃花，默默想。

老师会把一朵花放进自己的水杯里，让花儿浮荡，像小船荡漾在银河上，这样的事，我的同学首创不出来。老师那时一定读过“自在飞花轻似梦，无边丝雨细如愁”——他穿着乳白色的风衣，也不扣，自学校前的青草长堤上走来，衣角飞扬，好像踏青归来的秦观。

老师是要考大学的。那时刚恢复高考不久，千万人挤独木桥，老师没挤上，老师来到了我们这所僻远荒寂的江边学校，给我们代课。在二十世纪八十年代那场狂热的文学风暴里，老师想必一定也被濡染不浅，他常常在黑板上写自己的诗，然后带着我们读。我们读得朗朗上口，整整齐齐，心里却没头没绪。那时，我们多小啊，怎么会懂得一个满腹理想却高考落榜折身在乡下教书的年轻人的心！

听女同学交头接耳的私下谈论，知道老师的恋爱并不顺遂，那时他已有对象，女孩却不为他所喜。课下时，我们暗暗同情老师。后来，听说老师和他未婚妻分手了，我们长舒一口气。

在春日，把薄薄的一朵小花，摘下，放进水杯里。其实，一杯水不会因为一朵小花的浮荡而增添多少味道，他也不是贪吃一朵花来填饱肚皮。他摘花入杯，不为水，也不为花，只是享受着那样一个过程。就像古人的踏雪访梅、听雨打枯荷一样，不为一个物质层面上的抵达，只求精神世界的短暂欢愉。一朵洁白的花儿睡在清水里，像少女一样在沐浴。

我总想，在我们这个江水环绕、蒹葭苍苍的乡下，许多人只懂得低头为衣食而奔走，只有我的老师，是那个懂得抬头欣赏春花、秋叶、月色和飞雪的人，只有我的老师在自然美景面前会怦怦心跳于是忍不住要写诗的人。

我曾在春天放学后的平野田畴间，见他捧一本书，低头缓缓而行，且行且读。我曾在一个夏天去裁缝家取衣服时，被他逮到，他嘱我帮他送一封信给一个同样爱读书的白皮肤女孩，他还嘱我不要让女孩的父亲看到。后来略懂人事，我知道我送的不是信，而是“情书”。只是，老师后来娶的不是那个白皮肤的女孩，每想起，依然为老师怅然。

多年后，老师不再教书，老师也不再年轻。结婚生子，养家糊口，一点微薄的代课收入远不能供养家庭。

春天的时候，我和家人去江堤脚下采槐花，采回来当菜吃。一叠槐花炒鸡蛋躺在盘子里，我看了，不忍下箸。总觉得太奢侈太残忍，一个少女似的春天，就这样被我烟火折腾成所谓人间美食。

旧年同窗偶尔相遇，问起老师，说是在城里做生意，一度兴隆，后来大亏，为生计所迫后来亲自下厨做吃食来卖。我听过，心里秋风生起。眼前浮现老师白皙的手指，掐花，入杯——老师把春天喝进肚里很怡然陶醉的样子。

多希望，花谢花飞时节，有一朵花被风吹送，悄悄落进了老师的杯子里——老师忘记摘花了罢。

岁岁平安

一岁已尽，一岁又来。

人间最好的祈福，是岁岁平安。

记得早年在父母身边生活时，每年的春联，总有一扇门的横批上写“岁岁平安”。大红的纸，乌黑发亮的墨，“岁岁平安”四个字在白炽灯的照射下，泛出一种庄严深邃的光。

岁岁，岁岁，平安，平安……

这“岁”是旧的岁。记得八岁那年，我触电昏迷，被电的手掌边，至今还落下了指甲盖大小的疤痕。但是，彼时我幸运地被救回来，休息一两日后，就又背着书包上学去了。在八岁那年的岁暮灯光和饭菜暖香里，我读着父亲写的“岁岁平安”四字，心里默然感谢上天的恩慈。我没有成为红纸上一滴不听话的墨迹，被一场意外的触电事故把我从人间抠走。我还平安着，端端正正地活在人间，活在“岁岁平安”的“岁”里，跟着父母弟弟一起，围着除夕的满桌佳肴，欢庆新岁的到来。

“吃过年夜饭，阿晴和弟弟都长一岁了，阿晴九岁，弟弟六岁，可要记住了啰！”母亲笑盈盈地一边给我们搛菜一边说。我很认真地点头

“嗯”着，觉得又长一岁，真是一件神圣隆重的事情，值得昭告所有的亲戚和熟人。

大年初二，一家人去外婆家拜年。外婆家在长江边的一个沙洲上，我们要步行七八里的沙路方能到。这长长的沙路上，我好奇读着一家又一家的春联，读着一个又一个村庄的春联，这种新奇，简直像打开一本新书——那时人家的春联都是手写的，字体和内容各有特点。遇到不识的字，父亲便讲给我听。读得最多的，是“天增岁月人增寿，春满乾坤福满门”，于是朦胧觉得自己新长一岁的事，和天地日月都有了关联。

这“岁”也是新的岁。我们懵懂生长，不知人间有诸多未知的辛苦和艰难，不知父母的新年祈福里，我们是他们祈福的重要内容。多年后，待到自己为人父母了，在大年三十给孩子换穿新衣时，才深深明白：在新的一年里，我最大的愿望，不过是希望，我的孩子，平安。希望他平安成长。他可以不那么聪明，可以不那么帅气，可以不那么招人喜欢，但是一定要平安。

和母亲当年为我置新衣一样，我每年给孩子置办的新衣总是要略略大些尺寸——天下的父母养育孩子，总像个农人种植庄稼一般，先预留出一些空间，然后喜滋滋看他们枝叶蔓延，长高，长壮，长得一日日饱满，用活泼的身子一一填满那些预留的空间。

“衣服又小了！”这惊讶的一叹，真是做父母的好收成。

所以，岁岁要添新衣。

把新衣穿旧、穿破、穿小，是每一个孩子新一岁的使命。

还记得，正月里奶奶教我剪寿字剪纸的情景。那时，每年裁春联剩下的红纸边角料，奶奶总是仔细叠好，收在橱柜里。这些边角料，一些用来包压岁红包，或者包平日吃喜酒时随礼的礼钱，一些便是用来剪喜字和寿字。亲戚邻居当中，娶亲出嫁那样的喜事未必年年有，可是老老小小的生日却是年年都会碰上几个。那时，过生日不兴吃奶油蛋糕、许愿吹蜡烛这些洋做派，只是在衣食的筹备上格外郑重而有喜气。一般，奶奶都会早早算好新一年里有哪些生日喜酒要吃，送的生日礼除了成套新衣服、长寿挂面，还有寿鸡蛋。二三十个寿鸡蛋，每个鸡蛋上粘贴一张用红纸剪成的篆体寿字。

剪寿字剪纸很费时，往往是正月的碎闲时光里完成。奶奶握一把剪刀，我也握一把，我们坐在落满阳光的早春屋檐下，将红纸裁成一寸见方大小，然后横竖对叠，开始剪。剪出来的寿字图案，很像一种远古图腾的纹样，它们被奶奶一张张放进旧书里夹起来，以备他日送生日贺礼时用。我看着那一张张寿字图案的大红剪纸，觉得即使是平凡的乡人，他们的岁岁年年也都会被一个个神秘的符号所佑护。

人人都像庄稼，很结实地生长在大地之上。人人都被大红字符佑护，不会轻易被风儿吹走。

八岁那年秋天，我刚上学，半路上就遇到了外婆。外婆拎着一篮新衣物，往我家方向去。那些叠得整齐的衣服上，还铺着松柏和天竺的枝叶，原来是外婆要去我家给母亲送生日贺礼，配上松柏和天竺，大约是取其岁岁长青之意。

哇，我妈都三十了！

当时心里一惊，以为三十岁已经是中年。在一个八岁孩子眼里，三十岁已经是有些老了。如今，外婆过世已经多年，而我，每年在娘家吃年夜饭时，想到他们新添一岁，却并不觉得他们老了——或者是，我真是舍不得他们老去。

每年的除夕宴，总是欢喜地提前给父母各准备一份红包——压岁红包。心里祈祷，希望每年的除夕，我都可以给他们派压岁红包。希望他们一岁一岁又一岁，长长久久地活着。在除夕，父母收了我的压岁红包后，又会给我的儿子、我的娘家侄子和侄女儿包压岁红包。人人都长一岁，人人的一岁，都被亲情稳稳压牢在人间。

岁岁平安，这岁里，有父母的岁，有孩子们的岁，也有我自己的岁。

还记得十四五岁时，读《红楼梦》，读到黛玉焚稿，想到她和自己一般年纪，心疼不已。可是又想着，像黛玉一样早早亡去也很好，干干净净的，可以躲过像王夫人、薛姨妈那样阴晦沉闷的中年，可以躲掉像贾母、刘姥姥那样寂寞无聊勉强找乐的老年。是的，青春年少“为赋新词强说愁”的年纪，我真是盼望自己很意外又很诗意地死去。

可是如今，我真是珍惜活着。

因为明白，父母的“岁岁平安”里，其实包含着我的“岁岁平安”。我的“岁”若少了，父母的“岁”便不牢实了。我也知道，我必须把我的“岁”像擀面一样摊开，拉得长长，才能完美地和我的孩子，和将来孩子的孩子，稳稳接壤。生命至此实现壮严的相迎与相托。

从前，常暗自哂笑那些动辄一身大红的着装，觉得太闹了。可是如今，每年过年前，我都喜欢悄悄为自己置些大红的衣物，红袄、红裙、红围巾、红靴、红包……那种绵延相传千百年的中国红，实在令人觉得岁月隆重，不可有负。

回想当年父亲执笔写“岁岁平安”的情景，岁暮的空气里弥漫着尘世安稳的味道。自从可以买春联，多少年没再写过了呀。那么今年，不妨买几张红纸回娘家，陪父亲写，陪孩子们写。我们一人写一幅。

“岁——岁——平——安。”

不自由

以前以为只有中年怨妇，现在知道，还有中年怨夫。

我的曾经的领导是一位姓倪的老人家，生得皮肤白净玉树临风，却奇怪多年没有绯闻。于是，得一雅号：唐僧。

唐僧跟我们这帮小伙伴说话，出口常常酸风阵阵，说：不自由！

是真不自由啊，买件衣服的主都做不了。被老婆牵到商场，衣服一件件拎来，我就乖乖听话地试给她看，不能有半句发言权。一发言就被喝断。唐僧酒后，常这样卖娇诉苦。

哈……我们笑起来，脑子里立时蹦出一幅可爱的卡通片：五十多岁的唐僧，被老婆牵着领带，荡悠悠给牵到商场，然后站在穿衣镜前，化身成塑料模特，抬臂，放下，拉链拉合，抬起下巴……唐僧仰面看着天花板，神游八方，思接千载。好歹就这一副身架，由她折腾去，不烦神，好像是把自家的家具借给邻居一用，隔日就还回。

我们站在唐僧的对立面，以女人天生的贤惠之心度之，知道那是爱，宠爱。老婆像宠孩子一样地爱着唐僧。

是哦，把我当成了儿子！不自由，真不自由啊！到哪里都要问问。在外吃饭，晚上九点前必须像鸡鸭一样钻回竹笼子里。路上躲过了交警，躲不过她。回家要站在门口，哈口气，她猎犬一样尖的鼻子一闻，便决定是否放行进屋。她是感动家庭人物啊，这么多年查酒驾，兢兢业业，不教一日闲过。

唐僧继续抱怨。五十多岁的唐僧，在老婆长期的宠爱之下，返老还童，活得像个还不曾怀春过的少男，世事懵懂，却也单纯可爱。

一回，上级单位组织出门学习，一行二三十人。唐僧和我同坐一辆小车赶去奔赴大巴，路上他不动声色。等换车上了大巴，刚上去，唐僧就天女散花起来。从裤子口袋里掏出大把大把的木兰花，漫空抛洒，人人都得了花香洗礼，三朵两朵地拿在手上拈花微笑。

哪来那么多的木兰花呀？原来他家的复式楼楼顶养了两大棵木兰花树。我心里想，这么大清早的，就赶尽杀绝，摘光了家里的木兰花，那尊贵的老婆大人起床后，会不会骂儿子一样骂他毫无爱心。也真是，那样浪掷木兰花，我都觉得奢侈。

花仙子坐上大巴后，一路跟人侃老子，侃《道德经》，把前后几排的人侃得都不敢打瞌睡。才华学识这东西，像兵器一样不怒自威，光是看看挂在那里，光是听听走在上面的风声，就腿软心里发虚。

不自由的唐僧，据不完全统计，上班早去晚归，没事就在办公室里写书。我有一回，去那里交材料，是大夏天，看见他坐在桌子边，跷出二郎腿。我忽略掉他的二郎腿，对他中午不午睡泡办公室报以敬仰。他道：在家，老婆吵死人！不自由！就躲到办公室了。

我知道他那是托词，是谦虚，其实他是勤奋，只是牺牲了老婆大人的名望。

每个人有每个人最放松的姿势。唐僧写书，写到浑然忘我，便是把二郎腿跷起来，搭在桌子上，而且还要卷起裤脚到小腿，好像随时要下秧田，表演给公社书记看。

唐僧的书初稿完成后，打印了好几份，散发给我们小伙伴看，嘱咐要找错别字，找到有奖，奖赏一顿饭。我也参与到找错别字的行列，在我忙得披头散发没空洗脸的那段非常时期，我割肉一样割出时间来找。找到后上交，只是没领受那顿饭，暂时记账在心。

唐僧写书，又返老还童，文字坚实，有分量。写老子从哪来，到哪去，诸番考证，八卦阵一样迷雾重重，他拨云见日一一道来。我看完书稿，惊觉是大工程。要翻阅多少典籍，要翻破多少不自由的夜晚，才能烹炸煎煮出这样一桌味道很浓色相欠佳的佳肴来。

忽然某日，唐僧打电话给我说，写老子的书，他准备大改，要我提提意见。

我想了想，在QQ对话框里，一二三四五，罗织了五条意见，血淋淋发过去。唐僧回说，你的意见非常正确。我也当真就信了。

我老公说，是你领导，你还真提！不给面子！

我就真提。领导又如何。我是打定主意了做一辈子平头老百姓。

我以为，做人，做成货真价实的平民百姓，就是天地间最大了。你可以说我，渺小到是一只蚂蚁，指尖捻捻就死。我也可以说我，顽强到是一颗种子，在哪里都能生根发芽。不受人以惠，也就不授人以柄。无欲则刚，无牵扯就大自由。

在唐僧的办公室，聊起他正写的老子。他说老子走过的地方，他都走过。他追随圣贤足迹，重走了一遍。唐僧就有这样的赤子之心。

我表示佩服，并且还夸张了一下我的佩服语气。被我的语气鼓舞，唐僧昂扬起来，又说起他走过哪些哪些地方，立志此生要把足迹铺遍唐诗宋词里写到的每一个地方。这就壮观了！他是李白苏轼，又是徐霞客。大江东去的赤鼻矶，汪伦送李白的桃花潭……啊，不自由的唐僧，逃出他假想的魔爪，就这样诗意地走遍祖国大地。

不自由哦！不仅不自由，家庭地位还逐年下降。唐僧说，三口之家，先前还排第三，后来沦落成第四。

原来，他老丈母娘从乡下买来一只老母鸡，送来给女婿补身子，老婆不舍得杀，就宠物一样养在楼顶。好吃好喝的，常常忘记唐僧，径直送给了老母鸡。那老母鸡活得阔气，整日贵妃醉酒一般栖居于木兰花荫。每日黄昏，老婆要把那贵妃小心翼翼赶进笼子里，唐僧下班回来，远远退避不敢靠近，连呼吸也堵车在喉，不敢通行，唯恐惊了圣驾。

后来，据唐僧说，忍无可忍，起了杀心，趁过节宰掉贵妃，炖汤喝掉，很是解了恨意。至于他的家庭地位，官复原职，回到第三。

但据我所知，唐僧的家庭地位新近又遭贬谪，再次降为第四，并且永世不得翻身了。因为，他可爱的女儿又给他添了个更可爱的外孙。唐僧在博客里含蓄宣告升为姥爷，过后聊天提到此喜，荣耀之余，竟有小忧伤。

升一级了，说明我老啦！这以后更不自由了，祖孙三代来管我。

哈哈哈哈……哈哈哈哈……

大约是因为现实生活里的不自由，唐僧近几年来炫起了 QQ。先前只有一个QQ号，因为是领导，大家在群里对他格外客气恭敬，他觉得不随意不过瘾，也觉得身份暴露有诸种不自由，想要再注册一个QQ号，隐姓埋名，与民同乐。这一回，大家在群里更不敢胡说八道了，唯恐某个罩着雾霾的陌生头像就是隐身的唐僧，于是纷纷小窗私聊。

不自由！这一回，我也替他觉出了不自由。

如果我没看错的话，不自由的唐僧，还是个好人。还真是。即便偶尔要点阴谋诡计，却要得近乎透明，让人一眼看穿。看穿了，反就看到了一颗还算清洁的稚心。

有一段时间，我被圈子里的部分人谣传为离了婚。外面传到什么样，我哪里知道。直到一位多年老友在Q里问我：你怎么啦？什么怎么啦？生活？生活什么呀？离婚！

啊，我大骇。老夫老妻，天天挤睡一副枕头，我咋就被离婚了呢？

想想，又暗喜：莫非是我快要出名了？因为只有名人才有被什么什么的假闻。

这样的假闻自然也传进了唐僧的耳里，但唐僧没直接问过我，说明我们还是比较生疏。一回我们的民间组织来人，唐僧大宴宾朋，广结善缘，我也被小幸招来接受普度，陪着吃饭。饭后，等老公的车来接。大家一起站在酒楼门口的马路边，告别，等车，说着或真或假的话。

就在这时，我老公于暗淡的路灯光中闪亮登场，他下车过来，跟众人招呼，还跟唐僧握了手。唐僧高声道：是你老公吗？是真老公还是假老公？

我大笑，也高声回道：是真老公，老版本的老公，一直没更新。

事情过后，我也就忘去。后来再次碰面，唐僧忽然慎重起来，说要道歉。他说那次酒后失言，回去后副总说他那话不妥，怕我老公会介意。我又大笑起来，想起世事懵懂的唐僧，何时也这样小女孩似的拘谨起来，连一句玩笑话说过都要害怕。是童心老去，端正长大了吗？长大了，就不自由了，是真不自由。

我说：我老公说，你领导能当面说，说明你在外面没戏，真有戏，大家就深沉起来，都不说。而且，那次一问，刚好也帮着澄清谣言。

是个好领导。

这样一说，唐僧舒展开来，坐在电脑椅子上转了几转，艰难忍住没把二郎腿搭桌子上。然后，又跟我刀光剑影地说起老子。我不怕老子。

老子无为。无为，那其实就是最自由的状态。不自由的唐僧，于不自由的时空里，写书，旅行，活得洒然年轻，其实是大自由了。

这才想起他的口头禅“不自由”三个字，其实不是怨气，是矫情。

菩萨调

宫

第一日。

儿子早上就收拾包裹，包里内容丰富，有换洗衣物、作业、玩具等。他要独自走亲戚去，去只比他大四岁的小表舅家。小鸟振翅，出巢的喜悦可见于其眉宇。

下午先生收拾衣服，也是出门，和同学一起出省旅游。我靠在沙发上哼歌，惬意迎接即将到来的我的“单身贵族”的日子。

似乎每个人都想逃，从自己原来的秩序里逃逸出去，然后再回来。像玻璃珠子落在桌面上，再弹起到空中，落下，弹起……

送他到街上，顺道，自己去邮局办点事。

在邮局，尾随的四岁小侄子看到手持警棍身着迷彩服的押钞警，吓得要哭，泪水在眼睑边漾。回去，他怨我妈今天没让他穿警察衣服。他大约以为自己是有过错处，够上被抓，而一件冒牌警察衣服是可以掩盖掉他的错处以至混淆于警察。

也许，我们每个人都是有罪的。只是，常常，我们不看头顶之上，也不低头去自我逼视。我们绕着走，像溪流绕过岩石。

商

第二日。

上午做女红，赶着把一件裙子收工，下午要穿它出门。

下午去五洲。五洲是长江中间的一个沙洲。我喜欢沙洲，沙洲小美可亲，都是江水滋润出来的。

坐朋友的车，到渡口。渡船来，人上渡，车也上渡。眼前是细细的一带江水，心里小小抒情一下：长江的水啊，我不想做你的女儿，我想做你的爱人，生生世世，像沙洲一样被你揽进怀里。

车在洲上的小公路上蜿蜒穿越，一路看，芦荻、杨树、玉米、棉花、酱蒿……都那么翠色欲滴。

忽然想起小时候，小时候我也是在沙洲上长大的，是石板洲，在五洲下游。那时夏日所见，平坦的沙地上到处是浓荫蔽日。日日穿行于树下，觉得阳光也是绿色的了。我呢，是绿色的苔藓，在厚厚的树叶之下，身上覆盖着淡绿的绒毛，柔软可嗅。

在船上吃晚饭。吃饭时，还看见窗外的夕阳了。圆而红的一轮，似乎还冒着热气，沉甸甸的。很像我小时候看见的玉米饼，外婆贴在锅沿上的玉米饼，饭熟饼也熟，先吃饼，后吃饭。洲上的人家米粮靠政府供应，总是不够，杂粮掺在其中分担主妇的艰难。

在洲上，我总是想起小时候。也许，洲上的气息，童年的气息，它们就是同一株植物散发出来的。我们渴望气息相同，又害怕相同，我说的是人和人之间。

吃过晚饭，从船上下来，月亮已经升起。差不多很圆的月亮，红红的，有人说是十二三的月亮，我说很像十五的月亮了呀，起码也是十四的。看着圆月真好！圆融，丰满，喜气，这月亮。像草原上满满撑起的帐篷，泛着洞房花烛一样的光芒。

角

第三日。

凌晨醒来，窗外夜色犹浓，不能再睡着。

窗外的虫声还在，声线又高又密，仿佛是雨后疯长的蒿草，叶子上还挂着清亮的水珠。在夜晚，世界又是小昆虫的了！心里想，这些唧唧虫声里，蛐蛐是一定有的，因为已经立过秋了。不知道有没有蚱蜢，它们白天在草丛里蹦，现在会不会歇着？还是，也热爱夜生活？白天我看到过蜈蚣，拖着长身子在溜达，不知道这会儿会不会出来敲雌蜈蚣的窗户和门？

真好，很平民的夜。

我听着这些虫声，猜想里面传达的讯息：欢笑，谈话，唱歌，呼喊，自言自语，窃窃私语，甚至训斥，哀号，啜泣，叹息……像人类一样。

夜这样美好，在凌晨三点，我起来喝了水，吃了颗奶糖，开始睡觉。

早晨被电话叫醒。接过电话，再上床已经睡不着。上午是跟往常的任何一天一样，洗，晒，煮，再洗。我想，人要是不再去做一些其他的事情，而是一辈子陷在应付吃和穿里，这一辈子和一天是一样的，生命没有长度可言。

中午睡午觉，也睡得不够沉，想是近来思虑较多。

捱到黄昏，太阳的光线已经钝下去，才敢出门。一个人去看荷花。看荷花的时候又想到那年在北京，在朋友家里顶着一头的瞌睡聊天，聊到黄昏，然后她陪我去圆明园看荷花。

现在，我看的荷花已经是秋荷了。莲蓬已经老黑，盛开的荷花是寥寥几朵，衬在黑老的莲蓬边。放眼望，偌大的荷塘在晚霞与暮霭里，散发着寂寞与哀愁的气息。一个人在荷塘边走着，我也寂寞哀愁起来，只觉得自己也是这迟开的某一朵。

徵

第四日。

这样怕黑，夜夜点灯睡觉。

灯光照着脸，觉得自己是一枚豌豆荚被强行剥开，睡得生涩。早上起来，第一桩事情，是挨个关灯。又觉得自己睡觉奢侈。

强大吗？女人？

上午喂了一只野猫。

我早已素食几天，没有荤腥给它，心里觉得好抱歉，辜负它温柔地舔我了。这是一只野猫生在楼下杂屋的孩子，孩子没人要，因此还是野的。以前楼下有几个住户，出于善心，还喂养着。现在放假，人都走了。一日下楼，它看见我，对着我哀怜地叫，肚子都瘪进去了。我赶紧弄来饭食喂它。它吃过我喂一次，便越发觉得我亲了，每见我下楼，都要伸过嘴巴来，用它的牙齿软软地咬我的脚趾，然后一条小舌头来回还要舔几趟。让人忍不住，想要去疼它。

猫的前世一定是一个温柔的女人。

晚上去游泳，没想到立秋已过，游泳池的人还这样多。在水里，舒展四肢，我就成了一条真正的鱼。这感觉无比美妙。

回来的路上，遇到一摊摊的纸火，才知道今天是七月半。这才想起，前天晚上在五洲看到的那个月亮果然是十三的月亮，经过世事的人到底不一样，抬头一瞧，就知道是十几的月亮，尺在内心。

我抬头找月亮，没有。如果有，今晚的月亮一定也胖成孕妇样。

晚上回家坐在电脑边，连吃掉两个西红柿，肚子还是没有撑起来，又不想再弄吃的了。看见对面冰箱顶上的花瓶里养的两根荷叶早蔫掉，叶子也皱缩在一起，像我的胃。荷叶是昨天看荷时采摘回来的，我在花瓶里满满灌了清水，想养养的，没想到叶子也这样娇。也许不是娇，是禀性吧。禀性在那里，谁能拗得过？想起昨天采莲叶回来的车上，坐着一个我认识的女人，她一路上都在打电话骂先生，神经病啊猪头脑啊什么的。大概的情节是，之前先生打电话给她，说他在城里饭店吃晚饭，待她坐车快到城里时，先生又说他没进城，害得她只好转车回家，大约先生不进城她就放心了。

哎，女人这样凶悍，男人又这样不听话！聚着又无味，离起来又琐碎。

晚上听老歌，是童安格的《其实你不懂我的心》。男人和女人，谁又能懂谁的几分心？多数人是，开始弄不懂，后来也不想去弄懂了。即使弄懂了，也常装作不懂。

羽

第五日。

睡觉也要趁年轻。哪像我现在，一个不长的夜，总要被睡得支离破碎。一夜要醒来好几次，躺在那里翻身不断，心里月明风清。想从前的睡觉，那真是好气势啊！电视剧完了后，把被子掖在下巴处，一合眼，一睁眼，直达列车似的到天亮。妈妈在门外洗衣服，一声声催叫赶紧起来背书，声音好大又拖得极长，一条河堤上的人家都能听到，于是羞愤起床。

人是怎么老的呢？就是发现许多事情做起来，一日不如一日的有志气。

四点多就醒来，重开电扇，出了些微汗。勉强再睡，早晨再次被电话叫醒。

着睡衣下厨房。今天很认真地给自己弄吃的。依然素食。蒜炒鸭蛋，清炒鸡头杆，蒸鸡蛋羹。鸡头杆里拍了蒜末，鸡蛋羹上浮着或白或青的细碎小葱。

他说下午到家，于是临时又淘洗绿豆，给他煮绿豆汤。

绿豆是自己种的，有些豆子外形不大好看，皱着，泛黛色，像老叟。下锅一煮，就全变样了，做梦似的一粒粒都回到少年时候，是明艳的绿。我站在锅边，看透明玻璃锅盖下的绿豆，心里有欢喜。返回成少年的绿豆起先只是在锅底小幅度地跳着，很顽皮的样子。后来全乱了，所有的豆都像是被谁召集起来，在锅里翻滚、游荡、骑马跃关山……这一锅的乱世啊！

绿豆的香已经在屋子里缭绕，再去看，全开了花，水被耗掉了不少。

饭后洗了个澡，爽爽净净。绿豆汤已凉，加糖和匀，舀一勺来品，有少年往事的味道。备了两只白瓷小碗在侧，等他回家，一起来尝。所有的逃逸，最后都要回归到秩序里。玻璃珠子弹起，在空中划过痕迹，开始落地。

转身点炷香，细细的一炷印度香，轻烟袅袅，将一个夏末秋初的午后熏染得宁和而慵懒。电脑音箱里韩再芬唱的黄梅调：这几天比不得那几天……这几天水米不沾牙……羞答答，有委屈，有轻嗔，有小日子的喜，这个黄梅戏唱段，叫《菩萨调》。

一个，两个，三个

一个人。

一个人的时光是漫长的，她用来削长长的苹果皮。

那时候，正值青春，爱情是晚点了的火车，还没有和朝阳一道自远远的东方神圣驶来。每到周末，同寝室的女孩子羞答答被男孩子邀去了，看电影，散场后还相对吃一碗热气腾腾的馄饨。只留下她一个人，空落落的，守着寝室。某日，吃苹果削皮的时候，她忽然不想很快削完。削完了干什么呢？她放下方便好用的刨子，拿起了挺亮的水果刀。一圈一圈地削皮，苹果在左手的拇指和中指间转，苹果皮潮凉潮凉的，从右手指间垂落下来。

起先，削下的皮又宽又厚，还常常断。她急了点。后来，心磨得定了，也掌握了技巧，削下的皮窄而整齐，厚薄均匀，不断，像用韵工整的歌行体长诗。悠长悠长的，她常捏着在窗口的晚风里荡，比量着，寂寞是不是和它一般长。

后来他来了。他一来就给她拎来大半袋的丰腴红艳的苹果，她那么爱着薄凉而潮湿的甜。

所谓恋爱，就是再笨拙再卑微的女孩子，都得了一个可以恃宠撒娇的契机。她也是。她枕着他的腿，一半甜蜜一半嘲笑地看他削苹果喂给她吃，他刀法不是很好，手指上沾了许多苹果的皮和肉的碎末，但削得认真，虔诚得近似上供，她吃得情意绵绵。对于女人，幸福有时候就是简单通俗到，找到一个安心给自己削一个苹果的男人吧。

结婚后，很是奢侈地过了两年的两人世界。晚上，坐在沙发上看电视，自然是他削苹果，刀光剑影，已经身手敏捷，看着一根薄薄的“果皮带”从手指缝里抽出来，他竟有了一点成就感。削好后，他将外面一圈切下给她，她伸手接过来，眼睛没离开电视机。她躺在沙发上吃，脚丫子搭在他的脚丫子上，偶尔随着电视剧的剧情起伏抖两下。他们共享一个苹果，她吃肉，他啃核。冬天，他怕苹果凉了，于是把苹果肉切成丁，放在杯子里，罐上开水，附上竹签，让她趁热戳了吃。最后的几块，在开水里泡得时间长了，不够脆，也失了味，是他吃。

孩子出生后，她才发现，女王是做不成一辈子的。

晚上，她坐在电脑前敲，心急赶稿子。五岁儿子磕磕绊绊捧来一个大苹果，说：妈妈，我想吃它！她一阵心疼，赶忙找来刨子，唰唰，动作斩钉截铁。削好皮，然后切下两大片苹果肉，给小家伙，小家伙一只手举着一块，蹦跳着离开。她看看削去了两面“苹果月”后剩下的“苹果饼”，还有肉，没舍得扔，拿起来边敲边啃。这次，儿子吃肉，她啃核，在核边啃到了点点的甜。

老公参加朋友的聚会，不肯丢下当年的江湖豪气，酒多了点，回家后躺在她身边的椅子上，耍赖不肯去洗澡。她摸摸他的脸，烫得很，削了一个苹果，切下两面“苹果月”，给他，自己再次消受那“苹果饼”。也有时候，他没有应酬，回家早，她和儿子在灯下看书，儿子嚷着吃东西。于是，他削了两个来，一样的切法，盛在白瓷的小碟子里，端来。只是，是她和儿子吃“苹果月”，他在后面，啃那更薄更瘦的“苹果饼”，津津有味。

也不知道从什么时候起，她发现，每次吃苹果，基本都是三个人。三个人吃两个苹果，吃“月”的一定是儿子，吃“饼”的一定是他，或她。但是，也搞不清楚，两个人谁的“饼”吃得更多些，生活总是那么忙，琐事雪片一般乱纷纷，谁记得清?

转眼，儿子上了高中，离家在外读书。她不用给儿子削苹果了，竟然，家里的苹果常常忘了吃，以至于烂掉。她发现，自己好像不是那么想吃苹果的，或者，根本就已经吃不掉一个完整的苹果了。伺候儿子的这些年，每次都是弄苹果给儿子吃时，才自己顺带着吃了一点，吃三分之一的苹果似乎已经成了她的生活惯性。于是，偶尔心血来潮一般，他和她，相对再次共享一个苹果。只是，不是从前的一个吃外面的肉，一个啃里面的核，而是，从中间轻轻掰开，一人一个“半月”。各吃一半的肉，啃一半的核。甜和苦，都在享受，都在担负。

即便如此，两人共享一个苹果的时候依然很少。中年了，他是单位里的中层干部，承上启下，忙到麻将也偶尔都成了工作。已不年少，可是又还未及垂老，哪里会恋着巢穴之暖！中年的男人，坐在时间的马背上，总像成吉思汗，只爱着一路扬鞭策马朝远方，图的是幅员辽阔带来的生动，至于后方如何的荒草萋萋，是常无暇顾及的。儿子已经上大学，朋友有孙悟空的毫毛一般多，连放假都舍不得回家。那就一个人吃苹果吧，转了一个圈，最后，还是一个人吃苹果。

像从前，不用刨子，用刀，她不想很快削完。削完了干什么呢？已经长发挽起，在宽敞寂静的房子里，削薄薄的皮。只是，皮常常断，东一截西一截的，横竖乱散在茶几上。像猜不透的字谜。

陪你在风里

她二十岁之前的岁月在学堂里。二十岁之后，还在学堂里，不过，是看一群娃。

只因为那一年，和母亲赌气，便辞了教课的营生。拉开包，塞了几件换洗的衣，闯世界。

在新单位，是五湖四海的人。一个女书呆子，听不惯别人放肆露骨的言谈，于是傲而不群的样子。私下里，听见别人笑自己“老处”，满心的委屈，其实那时也就二十才多一点点。他给她解围，安慰她，于是感激涕零，直至以身相许。

懵懵懂懂，肚子大起来。又忙家务又上班的，一转身，不见了那个男人。经常夜不归宿，再傻的女人，都要起疑心。好心人告诉她地址，挺着肚子寻去，在一间出租屋里，是一个不错的女孩。那女孩是他以前的女朋友，他们一直在来往着，可他骗她，说早断了。

为什么还要生？我生气地问。

是啊！这是我要拿一辈子来后悔的事情！换现在，就是十个，就是上刀山下火海，我都不会生的。可是那时，刚刚在外面，又要租房又要吃饭，身无分文啊！她说。

那你回家啊，你为什么不回来呢？我痛心地问。

我是赌气走的，而且是干干净净地走的，我哪还有脸挺着肚子回来！我只想着，就是死，也要死在外面。就为那一点颜面，换今日的不堪。她痛心地说。

孩子生了，还是回来了，舍不得父母。实在是不咋样的一个男人，父母自然痛心。舍不得女儿，父母拿钱给他们做生意。嫌累，那男人不声不响地走了，剩她一个，将泪咬在嘴里，硬撑着，等人走尽，关门大哭。

因为那个孩子，她要随他漂泊，又去了以前的城市。

只是这次，她是公司白领，辛苦挣钱；而他，流连赌场，钱完了就向她伸手。除此，就是频频打电话到公司，且拨的都是办公室公用的号码，开口便提是某某的老公，然后无事。

离婚，孩子归她。那男人不要，要了也养不活。

一个人带着孩子，天生劳碌的命。身边有两个男人，一个单身，一个已婚。都爱她。

单身的那位，将她的儿子视如己出。给儿子折奇怪的纸枪，陪儿子在屋里玩着地道战的游戏。将她的儿子搂在怀里睡觉，夜里孩子上卫生间，他起来牵着他，不放心。

她出差，临上车，他送来一瓶冰糖柠檬，说是补水祛斑美白的，要天天坚持。她穿瘦身内衣，他站身后，狠命地给她扣。她想，保姆都能做的事，这一次要好好选一个。所以感动总到不了骨子里。

她爱的是坐她对面，陪她喝茶，听她诉说着商场艰辛的那个已婚的男人。成熟的中年男人，高贵而儒雅，看着她，无限忧怜地说：这是男人的世界，你一个女孩子做这行，太苦了！她只笑笑。她想：因为怜惜，所以懂得。即便什么不做，什么不说，相对默坐的时光就够她受用了。

依然人前风光着，内心是连阴的雨。这么些年，被人美女美女地叫着，叫得耳朵生茧，哪一个声音才是内心断弦的痛。这么些年，身边晃动的，是提不起力气去爱的一副面孔；自己如今爱着的，却像是隔岸的灯火。那灯火，几分真实，几分缥缈，还是不舍得放手，一辈子怕也就爱这一次了。还是忍不住频频打电话，一开腔就是几个小时。还是忍不住相约喝茶，相对陪坐。

终于结束了！就在昨天！我上街一口气买了十几件华衣。QQ 上她劈头就跟我说。

坐在对面，自己欢喜他而他又欢喜自己的那个人走了，华衣再多，穿给谁看？心冷了，多少件锦衣华袍都焐不热的。我想安慰她，一时嘴拙，找不着又暖又软的言辞，竟沉默着。倒是她，怕我担心她，先安慰我起来了：还好，陷得不深，日子容易过！

又是因为孩子！她说她想通了，她需要的不是给自己抓住一个爱人，而是给孩子抓住一个合适的父亲。怎样一个抽筋剔骨样的痛，她竟发过来一张笑脸。

想起那次送她，在初秋的晚风里，沿着梧桐交叠的林荫路一线走去。在她身后，看她染得黄黄的秀发，看她飘在风里的橙色围巾，看她袅袅娜娜的背影。我说：你比当年更漂亮了，只是清瘦了些！她扭头笑，一对清亮的大眼睛。然后怨：每次回家，都是落叶飘零的季节。

我说：落叶飘零之下，还有我在，我会一直陪你走在风里，哪怕一路不言语。

城南旧事

过了冬至，日短夜长。后半夜的枕上，堆积的，尽是旧年的人事、物事。

二十年前，提起无城的城南，那神采是沸腾而张扬的，赛过过年的那一身大红大绿。不像现在，偶尔提起，忙忙缄口，余下便是不可说不可说。

一个人和一个地方的第一次接触，往往都是在车站，我和无城也是。二十年了，那时我十一岁，冬天，随父亲去无城亲戚家，在南门的车站下车。那时走趟县城的线路是：从小镇出发坐小船过天河到泥汊，翻过无为大堤再坐大船沿江而下到土公祠，然后搭顺路的大巴到南门车站。光是说，这句子就得绕一大截。也因为路途遥远，那唯一的南门车站便笼上了几层圣地般的光辉。那时的车站里，坐的人少，站的人多。到站的客拖着行李急急地出站赶路，断然不会坐下来。车少人多，等车的客都眼巴巴地张望着，也是坐不下来的。车站的工作人员，穿着蓝色制服，人群里指挥着，忙，却又格外的体面。高音喇叭里是甜美的女声，有平仄的韵律感。想那时的城南人，眼底见尽了多少繁华。

现在，无数次车经南门车站，玻璃窗里看过去，是一片低矮灰暗的房子，大约还在惨淡经营着。在无师读书时，学校组织“学雷锋”，我手里的抹布擦的椅子是西门车站的，南门老车站没人去擦过。二十年了，便是二八的妙女，也已经容颜尽失了吧。南门老车站，在马路对面住宅楼的俯视下，就像一条老水牛，在时间的灰泥里打了千百个滚，怎么样也洗脱不去那灰头土脸，那黯然……

一二十年前，因为那一个南门车站，所以城南的旅馆就多。有一个南阳旅社，是三层吧，不记得了，好像有三开扇的大窗子，又朝阳，房间里亮堂得很。在城南的一条街上，那南阳旅社便有了几分绅士气派。中考那年，大嗓门的中学老校长就曾在考前的动员大会上一次又一次地说：我们到时住南阳旅社，啊——要好好看书，啊——不要乱跑……叫人好不向往。而我至今记得南阳旅社的名字，却是因为诸葛亮的那句“臣本布衣，躬耕于南阳”。那时自己一厢情愿地把那两个字串连沟通，于是，城南的那座三层小楼竟透出了那么几分悠远的历史烽火味。甚至疑心，这个水泥盖的房子里，是不是也藏着一个富有谋略智慧的高人。后来南阳旅社到底拆了，新建的楼叫鑫南阳宾馆。说实话，每每经过，在我，是提不起半点的亲切了。本已隔了时光，哪受得住如今又陡地远隔了一个字。人的感情就是这样，固执，不讲道理。

城南的登瀛旅社倒是没怎么变，至多，中间有会儿把“旅社”二字改成“宾馆”。一张旧面孔，略做描画，无论如何，叫人还是能认出门楣的。只是有些房间好像光线不大好，空间也不大，但价钱不贵。现在生意好不好，我也不知道。偶尔路过，看见站柜台的中年阿姨老了，还是一副喜笑的面孔，略带沙哑的嗓音。

在城南，还有一个“迎宾”旅社，估计已经早关门了，不知道现在的城南人还记不记得。十几年前，我的那一个人曾在里面住过一宿，但此后再没去过。天麻麻亮，一个陌生女子推门而入，拽他衣袖，唤他。他一怔，没睬，她转向房间里的另一张床铺上的人。至今，他还纳闷，晚上明明闩了门，她是怎么进去的呢？她是个神经病，还是……但至少，城南的某些角落，十年前，空气已经有点阴暗而暧昧。

十多年前，毕业实习在城东的鼓楼小学。我和同桌赶“六一”，奉命编排舞蹈，挑了八个小女生，选的歌曲是《梦江南》，很美的一支歌。每天放学后排练，待回到无为师范时，食堂早关门了。于是，我和同桌便有了下馆子的理由，其实也就是每人各下一碗素面。我们从城东的小面馆一路吃到城南的尽头，每天换个地儿，最后比较出城南一家清真面馆的分量最多。记忆里，南门人比东门人至少慷慨了那么一筷头面条。好在，不久就实习结束了。如今，和早为人母的同桌忆起当年编排节目，话题总不会漏掉城南吃面的情节。

读书时，跟美术老师学写美术字。老师在黑板上随意画出的一行竟是：月亮城大酒店。那时候，月亮城大酒店也在城南，大约也是一家集餐饮、住宿、娱乐为一体的酒店吧。美术老师是个喜欢赶热闹的人，想必，那时的他，那时的月亮城定然是夜夜笙歌曼舞。不知道月亮城现在还在不在，反正我是没听过它的名字了。即便还在城南，我想，我那老师大约也早换地儿了。只是月亮城的名字实在动听，多少年不能忘去。

而我，也曾在城南的一家小店里买过一瓶“月亮”香水。是蓝莹莹的方形的瓶子，掌心里盈盈一握，爱极了一个夏天。此后就再也没见过那个牌子的香水，也没见过那样小巧稚拙的香水瓶子。我的月亮香水，和我十八岁的夏，一起在城南的街上一路芬芳过，然后再难寻踪迹。

也是从前，出无师校门。过马路，经大陶巷、小陶巷，到绣溪公园。穿过两溪间的拂柳长堤，途经六角飞檐的两座亭子，便能直上南门的环城路了。我那时挺喜欢看城南外的几座大烟囱，问人，说那是陶瓷厂。十几年前的陶瓷厂，周围似乎都是田地，有冬小麦和油菜。那红色的房子，高耸的烟囱，隔着环城河遥望，陶瓷厂成了童话里的城堡。我那时已有一个大我几岁的初中女同学在里面上班了，后来大街上碰见过几次。我羡慕她，上班挣工资，也有男朋友，时不时骑自行车载着她满大街地遛，城堡里的童话情节展开就应该是这样的吧。而瓷器也是极能勾起我的想象的。未到过东方的西方人，关于古老中国的想象，大约也是靠着他们进口的那些茶叶、丝绸和瓷器来零星地获得吧。一把黄土，揉揉捏捏，烧一烧，窑里出来就是温润如玉的瓷了，得了道似的，这有点像神话。而我的家乡人是制造不出这样的神话的，他们至多把黄土变成青灰粗拙的砖，砌房子。常常想象，在陶瓷厂的车间里，一只只深的碗，浅的碟，瘦高的花瓶，或端庄大方，或清秀小巧，一层层排列。冬天的风从门缝里挤进来，穿过瓷器与瓷器间的缝隙，摩擦生声，一车间的碗碟花瓶回应，共鸣，仙乐似的。那瓷面上有冷面的美人，有盛开的夏荷，像寂寞嫦娥在瑶池里和着古乐曼舒广袖。那时心里的陶瓷厂，该是一个音乐和图画的城堡。如今，每次进城出城，途经陶瓷厂大门口，看里面，破败得很。十几年的想象，贴近了，落空了。

城南的街上，没有大超市，也没有大商场。靠近市中心，是杂七杂八的店铺，修钟表，卖小电器，卖西药，洗头理发，卖南货，银行。往老车站方向靠近，吃饭的小馆子多些，现在少了，随老车站的命运一起沉浮。十几年前，我常吃饭的那家馆子还在，只是老板娘胖了，走出来，当着路口卖起了猪头肉。有时路过，看风里的她卧着腰对着漠然的人群招揽生意，叫人顿觉人世的可疑。而那老板，依然火气大，把眼睛瞪圆了对着她吼。也偶尔能看到卖水果的，多半停在银行前的那个巷口，是个中年的男人，嘴拙得很，想必下岗的年头不深。他的水果摊也只一副板车，停下来时就用一条长凳支着，不似西门的鞍子巷口，那些水果商都有着好大的一块地盘。买他的水果，我从不还价。冬天，陪他在那个路口的，是一位烤红薯的阿婆，那时，他的生意已经淡了。他们的斜对面就是文化馆了，只是也旧得怕人。在如今这样一个有烟花之嫌的城南，还挤着那么一个文化馆，只让人想起一位拖着长衫的老书生，架着小镜框的老式眼睛，之乎者也，声音微弱。

在无城，旧房子旧巷弄遗存较多的是城东和城南，只是，城南更容易勾起人的沦落之恨。

有一部欧洲二战电影。里面一个美少妇，她冷漠艳丽而高贵。面对夹道而立的几百个男人热辣注视的目光，眼睑都不肯偶尔地抬一抬，她用漠然的目光把所有的男人踩在脚底下，粉碎。后来，战争带走了她的丈夫和财富，她被迫用自己香艳的身体去交换男人的面包，包括从前被她目光践踏的男人。再后来，战争结束，丈夫回来了。影片的结尾是：她挽着丈夫的手臂漠然穿过人群，衣袂在半空里翻飞，回归高贵。

沦落于世间的人和物，倘是于坎坷和劫难后，回归于矜持和高贵。这过程何尝不是一场华美的大戏。只是，城南，此刻……不提也罢。

孤军深入

越来越喜欢“孤军深入”这个词。

是一支孤军，没有赶来支援的后卫，没有可以响应的盟军，却还是迢迢地走远了，走到了刀剑丛生的地带，接下来，或者旌旗猎猎，或者人仰马翻。

又危险，又刺激，没有回头路。

西汉名将霍去病，18 岁就随他的舅舅卫青出征打仗，打的是一场孤军深入的仗。那一次，他亲率八百精骑，距离主力部队数百里，趁匈奴不备，出奇制胜，杀敌千余人。24 岁那年，霍去病病逝，汉武帝厚葬了他，墓前的圆雕石刻上，是霍去病的豪言壮语：匈奴未灭，何以家为!

在关于西汉历史的文字里，似乎最难忘的人就是霍去病了，他书写了一个王朝的刚气。我一直不觉得他是病逝，他应该还是去孤军深入了，横扫大漠，北逐匈奴，一直没有回来。史官们记完了当朝正史，隐身江湖做了下一个王朝的百姓，他还没有回来，那真是一场浩浩远征。

写作就是一场孤军深入，是一个人在寻找，在迂回，在擒拿，在厮杀……你看过了那么多的文学理论，听了那么多场文学讲座，阅读了那么多的文学经典，可是，一落脚到自己的文字江山里，才知道众叛亲离。没有人来搭救，没有人来画外音一样地指引，你只能，靠着自己的信念，口念咒语不歇“找到他找到他找到他……”，然后覆亡，或突围。

其实，每一颗心灵在人世间的旅行，本质上还是孤军深入。

孩提时，我们以为父母会伴同我们一直春光明媚草长莺飞地走下去，我们就像神话里的哪吒，一直那么大，十二三岁，莲花的身子，露胳膊露腿不害臊。可是，长着长着就大了，就到了父母当年的年纪。就昼夜忧戚，生怕时间的野马脱缰疯狂，一夜十万八千里。父母老了，有一天，他们会把我们丢在大地上，他们自己就回到大地之下深深地睡觉去了，真的落叶归根。即使是永恒的血脉亲缘，也有戛然脆响弦断音绝的一天。

在时间的苍茫大地上，秋风起，大地上是一拨又一拨孤独走向远方的孩子，孤独得只剩下姓氏。

爱情也会老啊。我知道，几乎没有男人会真的爱上一个女人布满皱纹的面庞。许多时候，是不得不相看，生厌不生厌都得看下去。捆在一纸婚约一处房檐下，无处可去，只得相看。这样的相看，慢慢被外人美化神化。

美好的爱情，真正有动人处且相伴到老的婚姻，我以为不是两个人信守了爱的承诺，而是两支孤军在时间里，不断奋力厮杀，创造了一次又一次的重逢或会合。在这样不断的重逢里，两个人都把自己最美的那一段风景，呈现给对方，也相互抚慰了对方的疼痛。

《桃花扇》里，李香君和侯方域的爱情，就是两颗心灵的一次次重逢。起初，她慕他的才华，他爱她的美貌，在青春的荷尔蒙的蛊惑下，两个人走近了，相爱了。然后，春睡迟迟起的香艳日子过了一段之后，如果时势愿意成全小人物，如果南明王朝一直风平浪静地存在下去，世间也不过多了一对平凡的小夫妻。但是，时局变了，越是烽火硝烟，越是风雨飘摇，越是绞甘蔗一样地绞出了人心深处深埋的爱国热情。她反抗权奸，血溅纸扇，被杨龙友点染勾连成桃花。他辗转见到那把桃花扇，家国恨，别离悲，一起涌上心头，于是愈加珍爱他的香君。我想，这是两支乱世里的孤军在爱国主题面前再次隆重地重逢。

不只《桃花扇》，还有许多许多的爱情，说的其实就是重逢。悲剧是一次重逢，此后再不相见，或者遥隔天涯，或者成为阿公阿婆陷身寻常烟火。喜剧是，两个人一次又一次重逢，今年的美胜过去年，两个人智慧地让对方总是充满期待，愿意在时间里，在并不辽阔的空间里，一次次等候对方出场。这样的重逢，美其名曰：一起成长。

但是，更多的人，在爱情的版图上，走着走着，就落了单。走着走着，就成了一支孤军。

少年时，读《红楼梦》，读到黛玉葬花或听雨的那些段落，我就黯然落泪：宝玉呢？我总要问。我总是急急地往下读，希望宝玉快点出现。我就想一头扎进书页里去，寻到怡红院，告诉宝玉：林妹妹在伤心着呢，你快去啊！

即使有太多人议论宝黛爱情的厚度，但我一直倔强地以为，在爱情的悬崖绝壁上，只坐着黛玉一个人。那是一个人的悬崖，她坐在石头上，两条腿垂在裙子里，看月落霜天。

宝黛真的结婚会怎么样？会生下一个孩子，或者几个孩子。会幸福地看着孩子长大罢。

会像我这样，看着他长出一排洁白的乳牙，然后一粒粒换掉；会看到他长出喉结，躲在房间里给女生写稚气懵懂的小情书；会看到他埋首书卷迎战高考。

然后，忽然有一天，他牙齿刷得很白，头发理得很有型，欢快背起行囊：妈妈，我上大学去了！不必送！不必送！

那一刻，在爱的版图上，真正远行的人是我啊。风萧萧，易水寒，我要怀揣多少牵肠挂肚才能杀尽迎面叫嚣而来的十万寂寞啊！

风吹乌桕

风吹乌桕。

乌桕在江湖。

它在偏远江湖，独对秋风，用霜色渲染繁华。

在童年，在静寂荒远的乡下，我见过几棵孤独的乌桕。那时，河堤长长，堤上榆荫接柳荫，乌桕不多，高耸入云的只那么一两棵。它们像一个有着另外方言的行旅者，偶然经过吾乡，寂寂做了停留，但到底迥然于其他草木。

我和弟弟还有堂姐他们，常常在秋天，在乌桕树下玩耍。我们那时个儿太小了，心儿太浅了，不懂得仰首远眺乌桕霜红的枝头，更不会去体味乌桕的秋天跟其他草木的秋天有什么不同。我们在秋天流连乌桕树下，仅仅只为捡拾枝头落下的乌桕子。一粒粒白色的乌桕子，躺在泥地上、草丛里，我们一捡一大把，揣进衣服荷包里。

那一荷包的乌桕子，像珍珠吗？不像。我们觉得它像鸟儿的眼睛，圆溜溜的，带着点狡猾。我们打弹弓，用乌桕子做子弹，打枝上的鸟，打水面上浮游的小鱼。常常打不到它们。但乌桕子，到底是我们好玩的玩具，抓一把在手心摩挲，我们像控住了无数只鸟、无数条鱼。我们不关心天上白云翻卷，不关心水边落日辉煌，我们摩挲一把白色的乌桕子，像摩挲大地顽皮结实的孩子。

我们像小小的乌桕子吗？

有一天，我们会长成一棵有着行旅者气质的乌桕吗？

那些落下的乌桕子被我们一直玩耍着，总要等秋雨长长下过，等白雪飘落又融化成泥，那时乌桕子们终于和腐叶一起化为泥土，游戏才会结束。

游戏结束了，春天就来了。

乌桕子落过的草丛里，会长出稀稀几棵乌桕苗来。亭亭的干，长到一两尺高，就分出叉枝来。我们拔乌桕树苗，或者摘取乌桕的叶子蒙在嘴巴上吹出啪啪的声音——乡下有那么多的草木，那么多的静寂光阴，可以让我们在植物间横行。乌桕叶子的清气里似乎也透着乡下孩子身上天然的草莽气，是清而不芬，似乎那清气里就袅绕着微苦的味道。

后来知道乌桕的根皮、树皮和叶子皆可入药，杀虫，解毒……内服，外用，各有使命。我少时体质不好，去过中药房许多次。中药很苦，但是看着中药房的那些一个个小抽屉上贴着无数个草木的名字，竟觉得像是招魂的符咒，懵懂好奇之下，有时也能安慰一番吃药的苦涩之心。

生病着的身体像一座漏风的房子，那些根根叶叶的中草药们，它们在汤汁里融化了自己的身体，来缝补一个小女孩漏风的身体。想想，要怎么感恩呢？

来缝补我的少时岁月的，也有乌桕吧。

新发的乌桕叶子泛出微微的红，似乎风一碰，它都会疼。但是，几个朝暮的春风摇一摇，它们便绿了，长成一片片菱形的扇子，一直扇动着，扇到秋天。像有无数个姐姐，无数个妈妈，无数个奶奶，在河堤的阴凉里摇扇消暑。

在偏远乡间，在长江中下游的江北平原上，我和乌桕树，曾经是那么近距离地相伴生长着啊。

风把我吹着吹着，我就长大了。风把乌桕吹着吹着，乌桕就老了。

老了的乌桕，似乎就成了风景，在秋天。

朋友跟我说，秋天去皖南看塔川秋色，是一趟不可省略的旅程。我初秋没去成塔川，倒是在白露为霜的初冬时节去宣城时路过塔川，车窗边遥望，窗外秋色已是残山剩水。路边的几棵老树下，霜叶落了一层，那是乌桕的叶子。

原来，塔川的秋色，是乌桕来出场谢幕的。

若没有风，没有霜，塔川没有秋色。

在塔川的水泥路两边，可以看到一棵棵新移栽的乌桕，还带着收不住的乡野之气。这些新移来的乌桕们，呼应着远处丘陵上的野生乌桕，半认真半散漫地书写着塔川秋色，招引着看风景的人。

我看着那些有着明显移栽痕迹的乌桕们，心里微微一疼，莫名起了漂泊感。植物也有漂泊感吗？有异乡感吗？

乌桕，是江湖的乌桕，是山野的乌桕。

风吹乌桕，那是一棵树的沧桑和隐痛。风吹乌桕，乌桕树会不会像我一样，悄悄隐起来，独自承受凋零，承受别离，承受凉薄，承受疼？

有一年，在江南的石台县，一场文人雅集。其中一项活动内容是，在残雪覆盖的茶山上，用山雪泉水煮茶。初冬的山间，视野放旷，山色幽深。一帮文人，在煮茶的松烟袅绕中看山，看茶，看雪。

我看到了一棵乌桕。

几乎落光叶子的乌桕，孤零零在山顶上，苍黑色的瘦瘠的枝丫，像隐者现身江湖。我知道那是乌桕。那枝梢上还悬缀着一两片红色的叶子，像个姓氏，在告诉我：这是乌桕。菱形的叶子，一如我少时上学踩了许多个秋天的乌桕叶。

心上一阵疼惜。乌桕在他乡，老了。

也许，在我们离开茶山的那个午后，最后的一两片叶子也在风里零落……最后，只剩下那些苍黑的枝丫，那是乌桕树黑色的骨头，将无人认出。

那棵彻底交卸掉荣华的乌桕，独立于茶山之顶，以异乡者的姿态，缄默不言，在风中。

这感觉，很像一首美国民谣 *Five Hundred Miles*（《五百英里》）。吉他伴奏，歌里那种离家的淡淡的忧伤和眷恋，像秋风缓缓吹过大地，红色的乌桕叶子纷飞，漫山遍野落了——也在我心上层层叠叠铺了叹息。小娟用英文翻唱了这首歌，叫《离家五百英里》，曲调更舒缓悠扬，好像落叶飘到秋水之上，随秋水迢迢地远了，而远方的山谷，暮霭四起，山川隐进了潮湿飘扬的雾里。“若你错过了我搭乘的那班列车，那就是我已独自黯然离去……上帝啊，我已离家五百英里，如今我衣衫褴褛，依旧一文不名。”

许多个独处的时光，我在电脑里循环播放贾斯汀·汀布莱克和小娟两个版本的《离家五百英里》，一直听，一直听，直到窗外黄昏，晚霞的苍黄的余光软软铺在对面楼宇的墙顶上。

这个大地上，有多少离家的人呀。他们或者迫于生计命运，或者为了追寻梦想。

他们像歌里的人一样，要常常独自登上列车，来到别人的故乡。

他们像一棵他乡的乌桕，怀着无限凉意和远意，在风里静静地落着心情的叶子。

读南朝乐府民歌《西洲曲》，读到“日暮伯劳飞，风吹乌桕树”，就觉得秋色起来了。其实诗歌里才值夏季，乌发翠钿的女主角怀着相思，在风吹乌桕树的那个黄昏出门去采莲了。她一边采莲，一边怀人，所思在远道，在江北。

“日暮伯劳飞，风吹乌桕树。”在《西洲曲》里，以景写情，写的是一个正值韶华的女子的孤单——一直觉得这句诗用在这里有点大词小用了。《西洲曲》整首诗，画风清丽，轻灵，乌桕在这里像一团墨，还没洇开，重了点。“日暮伯劳飞，风吹乌桕树”，这样的景致带着点苍茫的远意，似乎更应景远在征途的旅人。是啊，日暮时分，倦鸟归巢，晚风摇动夕阳里的一树乌桕，也吹拂旅人宽衫大袖的征衣……就像元人马致远的那首小令：“枯藤老树昏鸦，小桥流水人家，古道西风瘦马。夕阳西下，断肠人在天涯。”

一棵风里的乌桕树，属于旅人，属于怀着异乡感的人。

因为乌桕，是野生的树，它不具备庭院气质。有庭院气质的树有梧桐、桂树之类，所以古人的诗句里常有庭梧、庭桂之类词句，汉乐府里有“中庭生桂树”的句子，辛弃疾写“风卷庭梧，黄叶坠，新凉如洗”。

读《西洲曲》，越过那个采莲女子的相思，影影绰绰的，似乎总能看到一个远在江北的旅人。在这幅莲花婆娑的清丽画面之外，还有一个苍凉的、渺远的、横阔的画面，无边无际绵延伸向霜寒季节，主角是那个被思念的征人，“日暮伯劳飞，风吹乌桕树”应该是他吟出的。

乌桕不具备庭院气质，它在江湖，生在江湖，老在江湖。

乌桕是野生的。它是远方的风景。

古人写乌桕的诗句中，值得玩味的还有那个唐人张祜的“落日啼乌桕，空林露寄生”，这句诗里，能读到行旅者的仆仆风尘之气，读到露水似的忧伤，读到“身是客”的人生况味。诗题为《江西道中作三首》，果是旅途之作，藏不住的异乡感，像夜溪一样清凉渗透于字句间。

诗里的乌桕，想必也是一棵秋风里的乌桕。在山野，在旅人的遥望里，满树飞红。

写着《天净沙 · 秋思》的马致远，也是黄沙古道上的一棵乌桕，晚风在吹，持续地吹……江湖随脚步越走越阔。

还有谪居卧病在浔阳城的江州司马白居易，“醉不成欢惨将别，别时茫茫江浸月……东船西舫悄无言，唯见江心秋月白”。真是喜欢这样一些带着苍苍莽莽尘气的句子——这样的茫茫月色与秋水，只有辛苦奔波、远在江湖的人才有机会遇见。在唐朝，在浔阳江边的那个月夜，听着琵琶泪下的诗人，他就是一棵乌桕啊，命运的冷风横吹枝头，他一边疼痛，一边于霜色中迸射出文学的耀眼光芒。

我不喜欢在朝廷里按部就班当差的苏轼，我喜欢沦落辗转半个中国的苏轼，黄州、杭州、儋州……因为他的远谪，我看见了遥远的黄州有一个承天寺，看见承天寺的月光空灵澄澈；也因他，在脚步未抵西湖时，我早看见了“水光潋滟晴方好，山色空蒙雨亦奇”……他描绘天地间奇景，他走在奇景里，成为风景的一部分。

命运，给人一程辗转，也给人一片江湖。

秋风，给乌桕一季风霜，也给乌桕一树华彩。

在秋天，在黄昏，我常常会隔着三十年的光阴回望过去。也许心至老境了，就老出了一点海拔高度，就能看见旧时乡居光阴里的那棵老乌桕的枝头了，那秋风摇荡的一树秋色。

风霜之下，一片红叶，像一枚勋章。一树秋色，像一座光芒四射的宫苑楼宇。一棵树，寂寂穿越春夏，接纳秋霜严寒，然后，把自己最成熟最艳丽的时光隆重呈现——它让自己美到悬崖绝壁，然后，风吹乌桕，整个大地都蹲下身子来仰视它的坠落。

以最浓稠的炙热华彩，迎接风霜之后的山河冷落，乌桕叶将生命终止在高潮。这样的生命真陡峭，是只可远观，不可攀登。

我们飘荡在江湖之上，是一个个行旅者。风慢慢吹，我们慢慢老。

老成一棵他乡的乌桕，就知道了秋很深，霜很冷。

走成一棵秋天的乌桕，就知道了江湖辽阔，知道风霜敲打出来的繁华高峻而沉实。

落难

“落难”是戏里的说法。民间的村妇野氓说传奇时，常常在落难这一节哽咽得直不起嗓子。

落难，除了名词的“难”，还有一个动词“落”在前面横亘。一个“落”，宣告命运急转直下，是垂直地下坠，玉宇琼楼坠落人间成了凄凉废墟。王子流落民间受苦，小姐被卖进烟花之地，英雄含冤被斩，少年丧母遭欺，都是落难。没有落难，便没有戏。

家里有一盒谭鑫培的碟，只能听到声音，想必是从老唱片里灌过来的。在这张碟里，有一段谭鑫培唱的《秦琼卖马》，唱词平白，情感却深沉苍凉。“店呐主东带过了黄骠马，不由得秦叔宝两泪如麻。”彼时，英雄秦琼作为山东历城县都头，解押十八名江洋大盗至天堂潞州，因天气炎热死了一名犯人，蔡知府不给他批票回文。秦琼无从回去交差，只得困居旅店，盘费用尽，店主催店饭钱，言语甚是揶揄。秦琼万般无奈，只得将自己的坐骑黄骠马由店东牵去在大街叫卖。

《秦琼卖马》的各种名家唱段里，似乎是谭鑫培的《秦琼卖马》最入我心，他的唱腔里有一种西风卷起尘沙飞扬的荒凉悲苦味，沉郁悲慨，有霜气。遥想当年，谭鑫培在台上唱此戏，戏台之下，剧场之外，满目锦绣山河何尝不在落难中。

英雄又如何，英雄也有日暮途穷之时，困窘中，英雄一样会尊严被碾轧。当报幕人报出“秦琼卖马”四个字时，我的眼前，已经风烟弥漫。

英雄卖马，文人卖书，都是落难之举，都是极辛酸之事。

明代才子徐渭有首有名的题画诗，叫《题 < 墨葡萄图 >》。“半生落魄已成翁，独立书斋啸晚风。笔底明珠无处卖，闲抛闲掷野藤中。”

徐渭满腹文才，却一生不举，好似明珠不被识，只落得一生寄身江湖荒野。他曾借宿一寺中，方丈室中墙上挂有一幅《墨葡萄图》。方丈知徐渭是大明才子，便请徐渭为此图题诗。徐渭感方丈诚心，便提笔题此诗。落难的人，其实不能提笔，一提笔，笔墨里尽是命运感。

徐渭出身于绍兴一个大家族，但出生不久，父亲便过世。徐渭生母是妾，他出生后便由嫡母苗夫人抚养，十岁时生母又被苗夫人赶走，十四岁时苗夫人过世，徐渭无所依傍便随兄长生活，然而所得关爱甚少。

虽然年少聪敏才名远扬，但自二十岁考中秀才后，此后考了二十多年也一直未能中举。其间又逢家道破落，妻子病故。他孑然一身，飘飘荡荡，为糊口做过塾师和幕僚，后因疯狂中杀人又经历入狱和出狱。

他能写能画，能操琴，能写戏，是著名的“青藤画派”鼻祖，还“貌修伟肥白”——他才貌双全，可是却被命运一弃再弃。仿佛明珠一般的葡萄，被弃置在荒郊野藤之中。

晚年的徐渭，僻居乡里，贫病交加，经常断炊。他生平喜藏书，晚年为生活所迫而卖书，收藏的数千卷书籍便在这样的清寒潦倒光阴里，变卖殆尽。

上天让一个雄怀济世之志的壮士在辗转不遇中困顿，让一个腹有倾世之才的文人在落魄孤独中成翁。这样的落难，怎是宣纸上的几笔写意可道尽？

太阳今天落了，明天会升起。花儿今春凋了，明春会再发。有“落”就有“升”。有“凋”就有“发”。戏里戏外，那些落难的英雄才子们，随着峰回路转的剧情，似乎都有了重新升迁光芒绽放的一刻——命运落地粉碎后，又获得一次辉煌重建。落难之后，秦琼遇到单雄信，宝马复得，又得赠重金以回程。徐渭呢？徐渭的光芒，绽放于浩浩长河般的中国书画史和文学史。可是，他已不知。这是幸？还是不幸？

遥忆童年时，在夏夜的月下，听奶奶讲戏。她讲《白蛇传》，讲到中途，语气沉痛，夏夜晚凉的空气里似乎都流淌着一层泪意。永镇雷峰塔——白娘子落难了！我也跟着伤心不已。

每一部戏里，主人公都躲不过一场落难。落难的白娘子，像为爱情出走已经回不来的姐姐，像勤劳能干却不被疼惜的妻子，像孤身打斗也收复不了河山的末路英雄，像我们经历过的某段困守低处不得扬眉的潮暗光阴……

落难的人，是我们自己人。

那少年的葛呀

每到冬天，就惦记起山中的葛。

皖南有个朋友，他姐夫每年冬天会进山挖葛根，回来加工成葛根粉。我每年都会托朋友买上几斤，真正的野生葛根粉，开水调上一碗，色泽有旧式土布的米白或微褐，很古老的样子。

葛早在诗经年代就已登场古中国的文化里，只是那时，葛关乎的更多是织衣。

葛之覃兮，施于中谷，维叶萋萋。黄鸟于飞，集于灌木，其鸣喈喈。

葛之覃兮，施于中谷，维叶莫莫。是刈是濩，为絺为绤，服之无斁。

言告师氏，言告言归。薄污我私，薄浣我衣。害浣害否？归宁父母。

这是《诗经 · 国风 · 葛覃》，全诗三节，从葛之美景，写到刈葛、煮藤、取葛纤维纺织制衣。可是读着读着，读到了第三节，却是读到了写洗衣服。

洗衣服这一节，令人代入感强，自然，令妇人们慨叹。这慨叹，少年们是不能体会的。对于他们，生活的这枝葛藤伸展，此刻伸展出的是风景，而不是洗衣浆纱、娘家婆家这些鸡零狗碎的纷扰。

所以，作为一个中年人，我真是喜欢这首诗的前两节。谁不想停在风景里不出来呢?

读读第一节：明明是进山采葛，可是，却像游园赏花。放眼望去，那葛藤枝蔓柔长，层层叠叠蔓延在山谷中。一重一重的绿叶儿，跟着藤蔓走，走到了树巅，走到了溪谷，走到了陡峭的岩壁。

葛在春暮开花，直开到盛夏尽头，花期长。小小的紫花儿，一穗一穗的，风一吹，像活泼泼的眼珠流转，顾盼有情。

花一开，有蝶来，也有鸟来。

其中就有盛装的黄鹂。

黄鹂羽色金黄，有王气，又善鸣，鸣声婉转，遥遥和着溪谷的潺潺流水。这样映衬着，黄鹂的歌喉也像被春水濯洗过，那声音越发清亮纯净，震颤在碧色的葛叶上，震颤在紫色的葛花上，也震颤在黄鹂自己那金黄的羽毛上……

这真是一个声色并茂的世界！美得让一个采葛的姑娘暂时忘记了挥刀割藤。

从哪里割起呢？这么厚的绿！

正栖着黄鹂的那一枝，且就绕过吧。让它的歌声吵醒还在含苞的葛花，也招来那山下的村姑一起来刈葛。

刈葛一定是件内心甜蜜的事，因为关乎衣饰，关乎体面。从古至今，谁不爱打扮呢?

一群十几岁的姑娘，还未嫁，心思清如鸟鸣，清如溪水。一群如此清澈的姑娘，在幽深的绿叶丛中，一刀一刀，割取葛藤。她们大约一边割着，一边吟唱着：“葛之覃兮，施于中谷，维叶萋萋……葛之覃兮，施于中谷，维叶莫莫。”清脆的少女歌声与枝上的黄鹂歌声相互缠绕着，就像葛藤缠绕大树一样吧，那些轻灵的音符，在山谷间延伸、延伸，延伸出千丝万缕的回音。

葛藤背回家，入锅清水煮，锅上白汽袅绕，葛藤的清香也村前村后地袅绕。通过水煮，半脱胶后，再剥皮，绩线，开始织布。

织细布，做内衣，贴身穿。织粗布，做外衣，耐脏耐磨。

在诗经年代，在草木葱茏的季节，你来到山乡，一定会遇见这样的一群姑娘：她们刈葛回来，背筐里葛叶萋萋，上面颤动着紫色的花朵；她们煮葛剥皮完毕，在树荫下散坐，絮絮说着做衣服的打算。

会不会有人已经暗暗想着为自己备上葛布的嫁衣呢？

一定会有的吧。

因为她们一定亲眼目送过某个曾经一起刈葛、一起绩线、一起织布的姑娘，嫁到别的村庄了。她们知道，有一天自己也会穿一身舒舒服服的葛布衣服，吹吹打打成为一朵葛花一样娇美的新嫁娘。

可是，这首诗怎么就忽然跳到了一个妇人洗衣服的场景呢？镜头转换得太快，几乎让人晕头转向——一、二两节与第三节之间，仿佛遥隔深谷与悬崖。

第三节里，是一个忙得团团转的小妇人，她一边干活一边请假。“告诉我的保姆，我告了假要回娘家。”

回娘家就回娘家呗，可是，结了婚的人从此就没那么自由了，家务缠人啊，就像葛藤缠绕乔木。回娘家，总要换身衣裳。这换下来的内衣和外衣，这名曰“绨”和“绤”的粗布、细布织成的衣裳，总要洗干净晾晒好才能出发。可是，还不放心，怕还有没干完的家务活，临出门前又喊上一嗓子：还有没有了？哪件要洗？哪件不洗？我可急着要回娘家了啦！

一想到回娘家，一抬头看见那晾晒在篱笆上的内衣和外衣，便想起那少女时候刈葛的情形来。是呀，跟小姐妹们一道，进了山，站在葛藤下，人与葛花葛叶，与黄鹂灌木，一起写成了一幅画。

岁月忽忽，当年煮葛织布的情景宛在眼前，可是掐指，已是多年。

少年时光，是遥遥地去了。

作为一个资深的妇人，我代入感极强地站在《葛覃》一诗的第三节里，恍然惊悟，那葛藤青青、与女伴相对言笑绩线织衣的场景，已是旧梦了呀！原来，是妇人在回忆。

是呀，我和诗中那个“薄污我私，薄浣我衣”的妇人一样，常常陷身在浩瀚的家务琐事里不得脱身，而每一次的回娘家，一颗心欢快得仿佛是灌木上飞舞的黄鹂，由此，昔时的少年场景浪似的在心底一阵阵翻涌……

这些，少年人不懂。葛藤延伸，枝梢上会挺起一穗紫红的花儿。而岁月延伸，却只是暗暗生出了一截又一截青葱多汁的少年回忆。

据说葛藤有八米多长，所以是很好的纺织原料。而青春，其实很短。

后　记

所有的相逢，自有因果

尘世间，没有无缘无故的相逢。

我一直坚信。所有的相逢，自有因果。

所以，今日相聚，皆当欢喜。若为过客，也自珍重。

这世界万人如海，可是，在这浩瀚的海洋里，真正与你的生命有交集的，不过寥寥。亲人，同学，同事，朋友，恋人，旅途上偶遇的同道者……禁不起量化。

其实，每一个从我生命里经过的人，他们构成我完整生命的百分之一，或十分之一。星河灿烂，他们是烁烁闪耀着光芒的某一颗。

他们，或者长久与我相伴，像永恒的北极星；或者转瞬即逝，像来不及许愿就已消失的流星。他们，以不同的亮度，不同的时间长度，组成了我完整的夜空。深邃的，辽阔的，璀璨的，静谧的……

有时坐下来，一个人静静回眸，不由惊诧：岁月何其匆匆啊，似乎只是怔了一会儿，忽忽已到中年。

小时候，去长江边的外婆家，晚上我们睡觉，外婆总喜欢熄了灯后靠在床头，静静地想着什么。我睡在另一头，外婆抚摸着我正在蓬勃生长的大脚，有时会感叹我的脚长得太快。我想，她那时大约忘记了，是时间流得太快，我早已不是婴孩。我那时喜欢在夜晚的床上听江上传来的轮船汽笛声，觉得世界空阔，远方很远。我听着那萦绕在暗夜里的汽笛声，心里生出万千向往。

我向往长大，向往远方，向往认识许多许多陌生人，也被许多许多陌生人所记得。

我向往，生命的版图，一定要大于我的这座江北小镇。

……

这些年，我走过许多地方。再美的地方，我心里明白，我只是经过，无法做太久停留。时间在往前走，追求梦想的脚步在往前走，生命的版图一日日辽阔，而我，只能是那些山山水水、那些城市和乡村的过客。

这些年，我也经过了许多人的生命，有时像一阵安静的风，有时像一个清澈的晨晓，有时像一个斑斓的季节……长长短短，我也是他们生命里的过客。

在这本《与岁月慢慢商量》的集子里，我像一枚沉在水底的河蚌，独自在光阴里把泥沙打捞，将一路所历，在月下凝结……

感谢你，所有给予了我注视或者一瞥的人们！

你是我久久等候的春水渡船，你是这春水渡船上的过客。而不远处的河岸，春花如织锦。

所有的相逢，都值得用春天来衬托。

是为后记。

许冬林

2022 年深秋于鲁院